ॐ

ॐ

To

Mrs. Kangyoku Tanaka,

May God bless you!

May the Divine Wisdom Teaching of Lord Krishna lead you to the life of Divine Perfection, Peace, Light and Liberation!

Best wishes for your success in life.

Swami Chidananda

ॐ

15th Nov. 1988

Osaka

To Mrs. Kangyoku Tanaka,

May God bless you.
May the Divine Wisdom Teaching of
Load Krishna lead you to
the life of Divine Perfection.
Peace, Light and Liberation.
Best wishes for your success in life.

Swami Chidananda
15th Nov 1988 Osaka

田中嫺玉さまへ

神の恩寵がありますように。
クリシュナ神の神聖なる知恵の教えが、
あなたを神の領域に導いてくれますように。
平和、輝く光と魂の開放へ
この世の人生で成功なさるように祈ります。

スワミ・チダナンダ
15th Nov 1988 大阪

目次

家系図 および 登場人物

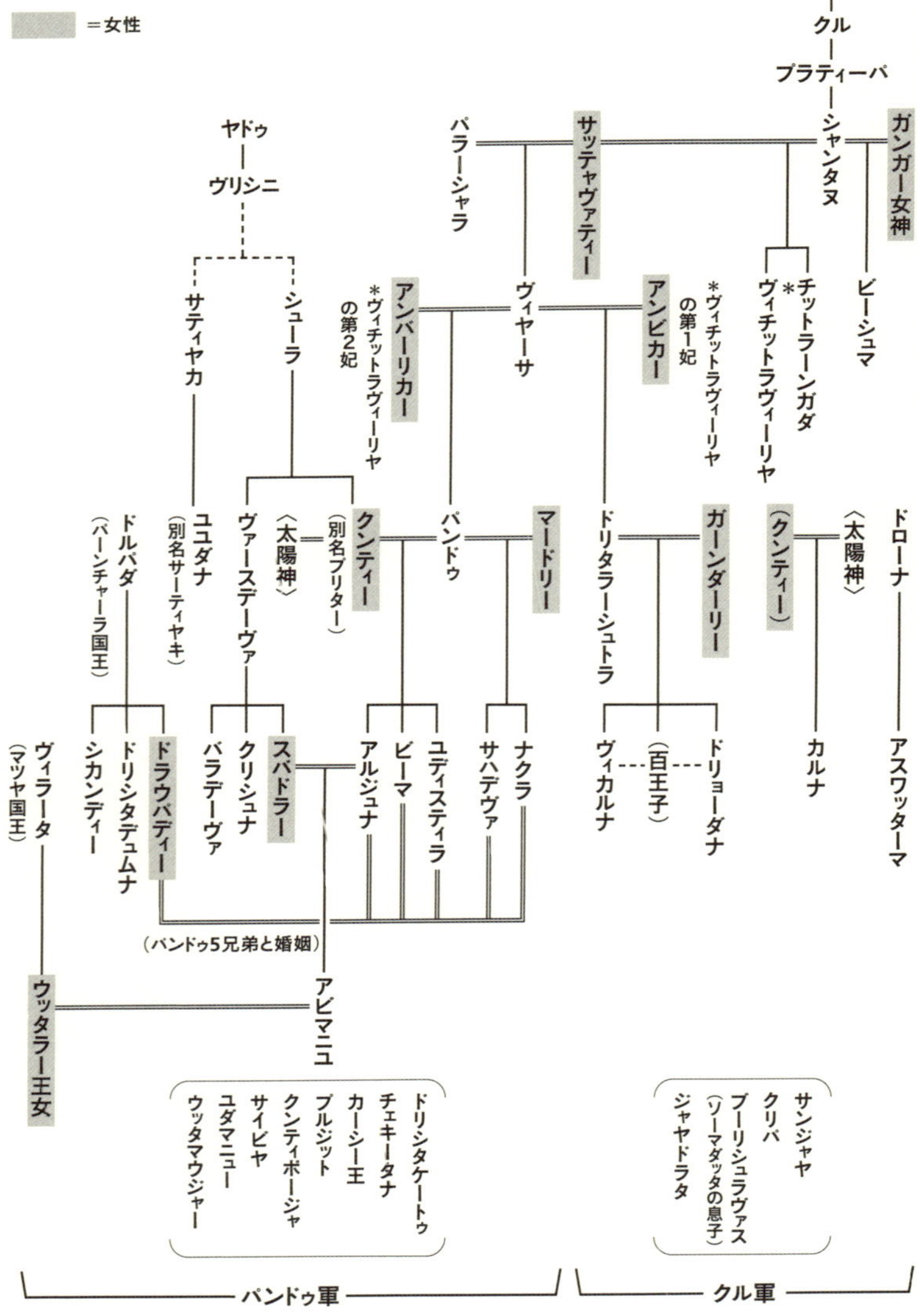

＝女性
バラタ
ハスティン
クル
プラティーパ
シャンタヌ
ガンガー女神
サッテャヴァティー
パラーシャラ
ビーシュマ
チットラーンガダ
＊ヴィチットラヴィーリヤ
ヴィヤーサ
アンバーリカー
＊ヴィチットラヴィーリヤの第2妃
アンビカー
＊ヴィチットラヴィーリヤの第1妃
ヤドゥ
ヴリシニ
サティヤカ
シューラ
ユユダナ（別名サーティヤキ）
ヴァースデーヴァ
〈太陽神〉
クンティー（別名プリター）
パンドゥ
マードリー
ドリタラーシュトラ
ガーンダーリー
（クンティー）
〈太陽神〉
ドローナ
ドルパダ（パーンチャーラ国王）
シカンディー
ドリシタデュムナ
ドラウパディー
バラデーヴァ
クリシュナ
スバドラー
アルジュナ
ビーマ
ユディスティラ
サハデヴァ
ナクラ
ヴィカルナ
（百王子）
ドリョーダナ
カルナ
アスワッターマ
ヴィラータ（マツヤ国王）
（パンドゥ5兄弟と婚姻）
アビマニュ
ウッタラー王女
ドリシタケートゥ
チェキータナ
カーシー王
プルジット
クンティボージャ
サイビヤ
ユダマニュ
ウッタマウジャー
サンジャヤ
クリパ
ブーリシュラヴァス（ソーマダッタの息子）
ジャヤドラタ
パンドゥ軍
クル軍

神の詩

かみのうた

バガヴァッド・ギーター

第一章

アルジュナの苦悩

［一］　ドリタラーシュトラ問う[*1]

サンジャヤよ　聖地クルクシェートラで
戦うべく大軍を集結した
わが息子たちとパンドゥの息子たちの
形勢《ようす》は如何《いか》であろうか？

［二］　サンジャヤ答える

ご子息ドリョーダナ王子はパンドゥ兄弟の
堅固な陣容を見渡した後
軍師[*2]のもとにおもむいて
次のようにおっしゃいました

［三］

「先生　見て下さい
パンドゥ軍の　あの強力な大陣容を――
あなたの弟子であるドルパダの息子[*3]が
あれを配置布陣したのです

＊1　バガヴァッド・ギーターは、敵である盲目の伯父、ドリタラーシュトラ王の御者であるサンジャヤが、千里眼を持って戦況を報告するという形式で語られている

＊2　クル軍の軍師、ドローナのこと

＊3　ドルパダの息子＝ドリシタデュムナのこと。パンドゥ軍の軍師

［四］

なかにはビーマやアルジュナと並ぶ
弓の達人も数多く
ユユダナ　ヴィラータ　ドルパダらの
大戦士たち　きら星の如く……

［五］

ドリシタケートゥ　チェキータナ
カーシー王　またプルジット
クンティボージャ　サイビヤ等の
音に聞こえた大豪傑……

［六］

そしてユダマニュー　ウッタマウジャーは
剛力無双の戦車乗り
またスバドラーとドラウパディーの
勇壮きわまる息子たち——

［七］
最高のバラモン[*4]である先生
では参考までに我が軍の
秀れた将軍　指揮官たちも
名前をあげて説明しましょう

［八］
まず先生ご自身　ビーシュマ　カルナ　クリパ
アスワッターマ　ヴィカルナに
ソーマダッタの息子[*5]　その他
いずれも常勝不敗の豪傑――

［九］
そのほか我がため命を賭《と》した
数多《あまた》の勇士が勢ぞろい
各種の武器をたずさえて
戦い巧者の者ばかり――

＊4　一般に軍人はクシャトリヤ階級なのだが、ドローナ軍師は最高位のバラモン階級

＊5　ブーリシュラヴァスのこと

［一〇］

ビーシュマひきいる我が軍は
強大なること　はかり知れず
ビーマのひきいるパンドゥ方の
強さには限界がありましょう

［一一］

さあ　味方の将軍たち
各自の持ち場にぬかりなく
大元師のビーシュマ祖父様《じいさま》*6を
完全に補佐し　支えて下さい！」

［一二］

するとクル王家の勇ましき最長老
ビーシュマ祖父様《じいさま》は獅子吼の如く
ほら貝を高らかに吹きならして
ドリョーダナ王子を喜ばせました

*6　王家の最長老なので、敬愛されて祖父様《じいさま》とよばれている

〔一三〕

それにつづいて全軍の
ほら貝　大鼓　ラッパ　笛など
各所で同時に鳴りひびき
耳も聾《ろう》するさわがしさ……

〔一四〕

するとパンドゥ方からは
クリシュナ（マーダヴァ）*7とアルジュナ*8が
白馬にひかせた戦車に乗って
神秘のほら貝を吹き鳴らす

〔一五〕

クリシュナは〝五生《パーンチャジャニヤ》〟という名のほら貝を
アルジュナは〝神授《デーヴァダッタ》〟とよぶ貝を
猛将ビーマ*9は見るも恐ろしげな長いほら貝
〝パウンドラ〟を吹きすさぶ

*7 原文は別名のマーダヴァ
「幸運の女神の夫」の意
*8 パンドゥ五兄弟の二番目
*9 パンドゥ五兄弟の三番目

［一六］―［一八］

クンティー妃の息子ユディスティラは[*10]
〝常勝《アナンタヴィジャヤ》〟という名のほら貝
ナクラは[*11]〝妙音《スゴーシャ》〟サハデヴァは[*11]〝宝花《マニプスパカ》〟と
呼ばれるほら貝を鳴らすのです
弓の名人カーシー王　大戦士のシカンディー
ドリシタデュムナ　ヴィラータ
向かうに敵なきサーティヤキ
そしてドルパダ[*12]　ドラウパディー[*13]の息子たち――
それにスバドラー[*14]の腕自慢の息子らが
それぞれにほら貝を鳴らしております

［一九］

その轟《ごう》々たるとどろきは
天と地とにどよめきわたり
あなた様[*15]のご子息たちの
心の臓をも打ちくだくばかり

*10 パンドゥ五兄弟の長兄、主将
*11 ナクラ、サハデヴァはパンドゥ五兄弟の双生児の末弟
*12 ドラウパディーの父親
*13 パンドゥ五兄弟の共通の妃
*14 クリシュナの妹でアルジュナの妻
*15 ドリタラーシュトラ王

［二〇］

王よ　その時　アルジュナは
大猿《ハヌマーン》の旗印をつけた戦車から弓つがえて
あなた様のご子息たちを見渡しながら
クリシュナ（フリシーケーシャ）*16に向かってこう申しました

［二一］―［二二］　アルジュナの言葉

「決して誤ることなく常に正しい御方よ
どうか私の戦車を両軍の間にひき出して下さい
ここに来ている人々を　私はよく見たい
私と共に戦おうとしている人々を――

［二三］

またドリタラーシュトラの
邪悪な心をもつ息子たちに
味方をして戦うため
ここに集まって来た人々を――」

*16 原文はフリシーケーシャ
「感覚の支配者」の意

［二四］　サンジャヤ言う

バラタ王の御子孫である王様よ[*17]
このようにアルジュナに頼まれたので
クリシュナは見事な戦車を
両軍の中央にひき出しました

［二五］

ビーシュマ　ドローナをはじめとする
名だたる将軍たちが立ちならぶ前で
クリシュナはアルジュナに言った——
「プリター[*18]の息子よ　クル方の陣容を見よ」と

［二六］

アルジュナは見ました——両軍のなかには
父たち　祖父たち　師匠たち
母方の伯叔父《おじ》　兄弟　息子　孫　友人たち
また義父たち　親交《よしみ》ある人々が皆いるのを

*17　ドリタラーシュトラ王
*18　プリター＝クンティーの元の名前。クンティボージャの養女となったため〝クンティー〟と呼ばれるようになった

[二七]

クンティーの息子アルジュナはこの戦場に
さまざまな友人や親類縁者が敵味方に分かれ
相対峙《あいたいじ》しているのを見て悲痛の思いに堪えず
このように申しました

[二八]　アルジュナの言葉

「おおクリシュナよ
血縁の人々が敵意を燃やし
私の目の前で戦おうとしているのを見ると
手足はふるえ口はカラカラに乾く

[二九]

体のすみずみまで慄《ふる》えおののき
髪の毛は逆立ち
愛弓ガーンディヴァは手から滑り落ち
全身の皮膚は燃えるようです

［三〇］

大地に立っていることもできず
心はよろめき　気は狂いそう……
おおクリシュナよ
私には不吉な前兆しか見えません

［三一］

血縁の人々を殺して
いったい何の益があるのでしょうか
わが愛するクリシュナよ
私は勝利も領土も幸福も欲しくない

［三二］―［三五］

クリシュナ《（ゴーヴィンダ）》*19よ　王権と領土と一族の繁栄と
また自らの生涯を確保するために
師弟　父子　祖父と孫たち
伯叔父《おじ》たち　義父　義兄弟

*19 原文は別名のゴーヴィンダ。「牛たちの主」の意

その他　親戚の者たちが
それぞれの命と全財産を賭《と》して
私の面前で戦おうとしている——
ああクリシュナ《（マドゥスーダナ）》[20]よ　私は彼らに殺されても
彼らを殺したくないのです
生きとし生ける者の維持者《ジャナールダナ》[21]クリシュナよ
ドリタラーシュトラの息子たちを殺して
私たちが幸福になれるのでしょうか？
三界[21]の王者となるためにでも
彼らと戦う気になれないのに
ましてや地上の王国のためになど——
おおクリシュナよ　ジャナールダナよ
ドリタラーシュトラの息子たちを殺せば
私たちは本当に幸福になるのですか？

*20 原文は別名のマドゥスーダナ。「マドゥ鬼を滅した者」の意

*21 クリシュナは全宇宙、生物の維持者である最高神ヴィシュヌの化身なのでこの別名あり

*22 天国、地球、地獄

〔三六〕
クリシュナよ　吉祥女神《ラクシュミ》の夫よ
罪深い者らを殺せば　その穢《けが》れは我らにかかる
故にドリタラーシュトラの息子たちを殺しても
何ひとつとして益はないと思います

〔三七〕―〔三八〕
おお全生物の維持者《ジャナールダナ》よ　クリシュナよ
貪欲に心を奪われたとはいえ
一家一族を全滅させたり
親しい友人同志が殺し合うほどの
過誤《つみ》があったとは思えません
そのことを知っていながら
何故《なぜ》この地で我らは戦争などを
しなければならないのですか？

〔三九〕―〔四〇〕
一つの王朝が滅亡すると

長い家系の伝統が失われて
家族は無信仰者になってしまいます
クリシュナよ　家庭が無宗教になれば
婦人たちは堕落し　その結果は
不必要な人口をもたらすでしょう

〔四一〕

望ましくない子孫が増えたならば
家族も家庭の破壊者も地獄の苦しみ
祖先は供物の水や食物を受けられず
ついには浮かばれなくなるでしょう

〔四二〕

家の伝統を壊した者たちの悪行によって
階級社会におけるすべての企画も
一家の福利を維持するための活動も
惨めに蹂《ふ》み荒らされることでしょう

〔四三〕

クリシュナよ　ジャナールダナよ[*23]
私は権威ある人々からこう聞いている——
家の伝統を破壊された者たちは
必ずや地獄に住むことになる　と

〔四四〕

ああ　我らは何という大罪を
今ここで犯そうとしているのか
王侯の栄華を欲するあまり
血縁の人々を殺そうとしているのです

〔四五〕

ドリタラーシュトラの息子たちが
武器を手にして私に打ちかかるとも
私は武具を外し抵抗せずに
ただ立っている方がいいのです」

*23　全生物の維持者の意

〔四六〕　サンジャヤ言う

アルジュナは　このように言って
弓も矢もその場に投げ捨て
心は悲しみにうちひしがれて
戦車の床に坐りこみました

第二章
ギーター全体の要約

［一］　サンジャヤ言う

憐《あわ》れみと悲しみに胸ふさがれて
はらはらと涙ながすアルジュナを見て
マドゥ鬼を滅した《マドゥスーダナ》御方　クリシュナは
次のように語られました――

［二］　至上者《バガヴァーン》クリシュナ語る

「アルジュナよ　世迷い言《ごと》を言うな！　およそ
生命進化の意義を知る者の言葉ではない
そんなことでは　より高い星界[*1]にも行けず
汚名をきて下に堕《お》ちるばかりだ

［三］

プリターの息子よ　女々《めめ》しいことを考えるな
それは君にまったく不似合いだ
敵をこらしめ罰する者よ
卑小な心を捨てて　さあ立ち上がれ！」

*1　一つの天体が一つの世界。宇宙には低級―高級の多種多様な星＝世界がある。地上＝地球もそのなかの一つ

〔四〕　アルジュナ言う

「クリシュナ《（マドゥスーダナ）》よ　ビーシュマやドローナに
どうして私が弓を向けられましょうか
私はむしろあの方々を礼拝したいのです
おお滅敵者《アリスーダナ》　クリシュナよ！

〔五〕

師と仰ぐ立派な方々を殺すくらいなら
私は乞食になって暮らすほうがよい
たとえ欲深でも目上の人を殺せば
戦利の物は血でのろわれましょう

〔六〕

ああ私はどうすればよいのか
敵に勝つべきか　また負けるべきか
彼らが死ねば　私も生き甲斐がなくなる
そのような敵と対陣するとは——

［七］

心の弱さゆえに平静を失い
義に叶う道はいずれか迷い果てました
願わくは最善の方法を教えたまえ
私はあなたの弟子　絶対に服従します

［八］

たとえ地上に無敵の王国を持っても
天国で神々の上に主権を揮《ふる》っても
心も枯れ朽ちるこの悲しみを
追い払うことはできません」

［九］　サンジャヤ言う

〝敵を滅ぼす者〟と称されるアルジュナは
このようにクリシュナに話し
「ゴーヴィンダよ[*2]　私は戦いません」と
黙りこんでしまいました

*2　クリシュナの別名
「牛たちの主」の意

［一〇］

バラタ王の御子孫である王様よ
このときクリシュナは　にっこり笑い
両軍の間で悲しみに沈む
アルジュナに向かって語りました——

［一一］　至上者《バガヴァーン》クリシュナの言葉

「君は博識なことを話すが
悲しむ値打ちのないことを嘆いている
真理を学んだ賢い人は
生者のためにも死者のためにも悲しまない

［一二］

わたしも　君も　ここにいる全《すべ》ての人々も
かつて存在しなかったことはなく
将来　存在しなくなることもない
始めなく終わりなく永遠に存在しているのだ

［一三］

肉体をまとった魂は
幼年　青壮年を過ごして老年に達し
捨身[*3]して直ぐ他の体に移るが
自性を知る魂はこの変化を平然と見る

［一四］

クンティーの息子よ　寒暑　苦楽は
夏冬《きせつ》のめぐる如く去来するが
すべて感覚の一時的作用にすぎない
アルジュナよ　それに乱されず耐えることを学べ

［一五］

アルジュナ　人類の中で最も秀れた男よ
幸福と不幸に心を乱さず
常に泰然として動かぬ者こそ
大いなる自由[*4]を得るにふさわしい

*3 インドでは死ぬことを捨身、すなわち肉体を捨てる、と言う

*4 解脱

〔一六〕

物質と霊の本性を学んで
真理を徹見した人びとは
非実在[*5]は一時的に現象《あらわれ》でも持続せず
実在は永遠に存在することを知る

〔一七〕

一切万有にあまねく充満しているものは
決して傷つかず　壊されもしない
たとえ如何《いか》なる人でも　方法でも
不滅の魂を破壊することはできない

〔一八〕

全《すべ》ての生物《いきもの》は永遠不滅であり
その実相は人智によっては測り難い
破壊され得るのは物質体《にくたい》だけである
故にアルジュナよ　勇ましく戦え！

＊5　物質現象

［一九］

生物が他を殺す　また殺されると思うのは
彼らが生者の実相を知らないからだ
知識ある者は自己の本体が
殺しも殺されもしないことを知っている

［二〇］

魂[*6]にとっては誕生もなく死もなく
元初より存在して永遠に在りつづけ
肉体は殺され朽ち滅びるとも
かれは常住にして不壊不滅である

［二一］

プリターの息子　アルジュナよ
このように魂は不生不滅　不壊不変である
どうして誰かを殺し
また誰かに殺されることがあり得ようか

＊6　真実の自己＝アートマン

［二二］

人が古くなった衣服を捨てて
新しい別の衣服に着替えるように
魂は使い古した肉体を脱ぎ捨て
次々に新しい肉体を着るのだ

［二三］

どのような武器を用いても
魂を切ったり破壊《こわ》したりすることはできない
火にも焼けず　水にもぬれず
風にも干涸《ひから》びることはない

［二四］

個々の魂は壊れず　溶けず
燃えることなく　乾くことなく
何処《どこ》でも　いつまでも
不変　不動　常住の実在である

［二五］

それ[*7]は五官[*8]で認識することはできない
目に見えず人智では想像も及ばぬもので
常に変化しないものと知り
肉体のために嘆き悲しむな

［二六］

また若《も》しこれが誕生と死を
絶え間なく　くりかえすものと
君がたとえ考えていたとしても
悲しむ理由は何もない　おお剛勇の士よ

［二七］

生まれたものは必ず死に
死んだものは必ず生まれる
必然　不可避のことを嘆かずに
自分の義務を遂行しなさい

＊7　魂《アートマン》＝自己の本体。肉体はその衣服にすぎない。アートマン、ブラフマンなど永遠の実在を指す場合、インド哲学ではなるべく普通名詞を用いず、それ、これ等の代名詞を用いる
魂、神、精神、霊などの語は人によって定義がちがうからである

＊8　五つの感覚器官＝眼、耳、鼻、舌、身（皮膚）

〔二八〕

万物はその初めにおいて色相《かたち》なく
中間の一時期に色相を表し[*9]
また終わりに滅して無色相となる
この事実のどこに悲しむ理由があるか

〔二九〕

ある人はそれの神秘を見て驚嘆し
ある人はそれの驚くべき神秘を語り
ある人はそれの神秘について聴《き》くが
他の人々はそれについて聞いても全く理解できない

〔三〇〕

おおバラタの子孫[*10]よ
肉体のなかに住むそれは
永遠不滅にして殺すことなど不可能だ
故に全《すべ》ての生物について悲しむな

*9 肉眼で見えるのは一時的現象である物質体だけ
*10 パンドゥ五兄弟もバラタ王の子孫

〔三一〕

武士階級《クシャトリヤ》*11の義務から考えても
正義《ダルマ》を護るための戦いに
参加する以上の善事はないのに
どこに　ためらう必要があるのか

〔三二〕

プリターの息子よ　武人として
このような機会にめぐり会うのは
真に幸せなこと——彼らのために
天国は門を開いて待っている

〔三三〕

だが若《も》し　この正義の戦いに
君が参戦しないならば
義務不履行の罪を犯すことになり
武人としての名誉を失うのだ

*11 軍人、政治家のカースト

〔三四〕

後《のち》の世までも　人々は常に
君の汚名を　語りつぐだろう
名誉《ほまれ》ある者にとって　この屈辱《はじ》は
死よりも耐えがたいことではないか

〔三五〕

いままで君の名を讃えていた武将たちは
君が戦いを怖《おそ》れて
戦場から逃亡したものと思い
卑怯者よ憶病者よと軽蔑するだろう

〔三六〕

敵方の者たちは　口をそろえて
聞くにたえぬ言葉で悪口を言い
君の能力《ちから》を見くびって罵《ののし》るだろう
これにまさる苦痛があると思うか

［三七］

おおクンティーの息子よ　君が戦死すれば
上級の星界*12に往《い》って天国の幸を味わい
勝てば地上で王侯の栄華を楽しむのだ
さあ　立ち上がって戦う決心をしなさい

［三八］

幸と不幸　損か得か
また勝敗のことなど一切考えずに
ただ義務なるが故に戦うならば
君は決して罪を負うことはない

［三九］

これまでは理論的知識《サーンキャ》をのべたが
さらに　知性《ブッディ》によるヨーガの話を聞け
結果を期待せずに働くことによって
君はカルマ*13から解放されるのだ

*12 地球より高級な天体世界、いわゆる天国とよばれる程度の星世界

*13 仕事。行為。仏教でいう業《ごう》

〔四〇〕

この努力には少しの無駄も退歩もなく
この道をわずかに進むだけでも
極めて危険な種類の恐怖から
心身を護ることができるのだ

〔四一〕

この大道を行く者は断固たる意志を持ち
一なる目的に向かってまっすぐに上進する
だが　愛するアルジュナよ　優柔不断の者は
多くの枝葉に虚《むな》しく知力を外《そ》らしている

〔四二〕―〔四三〕

知識の乏しい者たちは
天国星界に上がること　よき所に転生すること
または権力などを手に入れるために
効験《ききめ》あるさまざまな行事[*14]をすすめる

*14 祭祀、儀式など
この頌節のようなことをしているうちは、真の自由、解脱は得られない

ヴェーダの華麗な詩句を無上に尊び
感覚の満足と　ぜいたくな生活に
心うばわれて　それを追い求め
人間としてこれに勝《まさ》る望みはないと言う

〔四四〕
富の蓄積と感覚の快楽《よろこび》に執着し
その追求に右往左往する人々の心には
真理《かみ》を愛し　それに仕えようという
決断が起こることはないのだ

〔四五〕
ヴェーダは主に自然界の三性質《トリグナ》*15を説く
アルジュナよ　この三性質《トリグナ》と二元対立を超えて
利得と安全に心を煩《わずら》わすことなく
確固として自己の本性に住せよ

*15 サットワ（善徳、調和、無欲性）ラジャス（激情、欲求、熱性、積極性）タマス（暗愚、無知、消極性）第十四章に詳説

〔四六〕

巨大な貯水池から水をとる者が
小さな池を重視しないように
ブラフマンの真理*16を知《さと》った賢者は
ヴェーダの儀礼祭式を重視しない

〔四七〕

君には　定められた義務を行う権利はあるが
行為の結果については　どうする権利もない
自分が行為の起因《もと》で　自分が行為するとは考えるな
だがまた怠惰におちいってもいけない

〔四八〕

アルジュナよ　義務を忠実に行え
そして　成功と失敗を等しいものと見て
あらゆる執着を捨てよ
このような心の平静をヨーガと言うのだ

*16 宇宙の根本原理

〔四九〕

おお富の征服者《ダナーンジャヤ》　アルジュナよ
奉仕の精神で　仕事の報果《むくい》を期待せずに
全ての結果を至上者《かみ》に委ねて活動せよ
報果《むくい》を期待して働くのは哀れな人間である

〔五〇〕

全智者《かみ》にすべてを一任した人は
既に現世《このよ》において善悪の行為を離れる
故にアルジュナよ　ヨーガに励め
これこそ　あらゆる仕事の秘訣なのだ

〔五一〕

知性《ブッディ》が真理《かみ》と合一した人は
行為の結果を捨てることによって
生と死の束縛から解放され*17
無憂の境地に達するのである

*17 物質世界に再生しないこと

［五二］
知性《ブッディ》が迷妄の密林から脱け出るといままで聞かされてきたこととこれから聞くであろうことの全部《すべて》に超然として惑わされない

［五三］
君の心がヴェーダの美辞麗句に決して惑わされることなく自己の本性を覚《さと》って三昧《サマーディ》に入ると至聖《かみ》の意識に到達するのだ」

［五四］　アルジュナ問う
「超越者《かみ》に意識を没入した人はどのような特徴をもっていますか？
また　どのような言葉を語り
どのようにして坐し　また歩きますか？」

〔五五〕　至上者《バガヴァーン》は語る

「プリターの息子よ　さまざまな感覚の
欲望をことごとく捨て去って
自己の本性に満足して泰然たる人を
純粋超越意識の人*18とよぶ

〔五六〕

三重の逆境*19に処して心を乱さず
順境にあっても決して心おごらず
執着と恐れと怒りを捨てた人を
不動心の聖者《ムニ》とよぶ

〔五七〕

善を見て愛慕せず
悪を見て嫌悪せず
好悪の感情を超えた人は
完全な智識《プラジニャー》*20を得たのである

*18 プラジニャー。仏教の〝般若〟。智慧《ちえ》。大智の人。大覚《さとり》を開いた人

*19 ⑴自然界からくるもの（天災、気候）⑵人間を含めた他の生物からくるもの⑶自分の肉体に関するもの

*20 仏教でいう〝般若の智慧〟

［五八］

亀が手足を甲羅に収《おさ》めるように
眼耳鼻舌身（五官）の対象から
自分の感覚を引き払うことのできる人は
完全智《プラジニャー》に安定したと言える

［五九］

肉体をまとった魂は　禁欲しても
経験してきた味わいを記憶している
だが　より上質なものを味わうことにより
その記憶も消失するのだ

［六〇］

アルジュナよ　感覚の欲求は
まことに強く　烈しいもので
修行を積んで道をわきまえた人の
心をさえも力ずくで奪いさるのだ

［六一］

肉体の感覚を制御して
意識をわたし[*21]に合致させて
しっかりと固定できた人を
不動智を得た聖者とよぶ

［六二］

感覚の対象を見　また思うことで
人はそれに愛着するようになり
その愛着によって欲望が起こり
欲望から怒りが生じてくる

［六三］

怒りに気が迷って妄想を生じ
妄想によって記憶が混乱し
いままでの教訓を忘れ　知性を失う
その結果　人はまた物質次元に堕《お》ちる

*21 全一者なるわたし。つまり至上者。最高神

［六四］

解脱への正規の方法《みち》を修行し
感覚の統御に努力する人は
至上者《かみ》の恩寵《めぐみ》をいただいて
あらゆる愛着と嫌悪から解放される

［六五］

至上者《かみ》の恩寵《めぐみ》を得たとき
物質界の三重苦は消滅し
この幸福《さち》ゆたかな境地で
速やかに知性《ブッディ》は安定する

［六六］

至上者《かみ》に知性《ブッディ》が帰入せぬ者は
心も統御されず　知性《ブッディ》も安定せず
平安の境地は望むべくもない
平安なき所に真の幸福はない

〔六七〕

水の上を行く舟が
強い風に吹き流されるように
諸感覚のただ一つにさえ心ゆるしたなら
人の知性《ブッディ》は忽《たちま》ち奪われてしまうのだ

〔六八〕

ゆえに剛勇の士アルジュナよ
諸《もろ》々の感覚をそれぞれの対象から
断固として抑制できる人の
覚智《さとり》はまことに安定している

〔六九〕

あらゆる生物が夜としているときは
物欲を捨てた賢者にとって昼である
あらゆる生物が昼としているときは
見真者にとっては夜である*22

*22 物質次元で生活している大衆が〝真〟と見るものは、真理を体得した人にとっては妄想である。般若心経に〝遠離一切顛倒《てんどう》夢想《むそう》〟とある

［七〇］

無数の河川が流れ入っても
海は泰然として不動である
様々な欲望が次々に起こっても
追わず取りあわずにいる人は平安である

［七一］

物欲　肉欲をすべて放棄した人
諸々《もろ》の欲望から解放された人
偽我なく　所有感をもたぬ人
このような人だけが真の平安を得る

［七二］

これが絶対真理《ブラフマン》と合一する道
ここに達すれば一切の迷妄《まよい》は消える
臨終の時においてすらここに到れば
必ずや無限光明の国に帰入する」

第三章
カルマ・ヨーガ*1

*1　ヨーガとは至上者《かみ》と合一すること。その方法《みち》
カルマ・ヨーガとは、行動・仕事を通じて真理体得する道、献身奉仕の道

［一］　アルジュナ言う

「クリシュナよ　果報を求める行為より
知性《ブッディ》を磨く方がよいのなら
なぜ私に　このような恐ろしい
戦いをせよと言われるのですか

［二］

あなたが曖昧な言い方をなさるので
私の心は　戸惑っている
どれが私にとって最善の道なのか
何とぞ明確に示して下さい」

［三］　至上者《バガヴァーン》こたえる

「罪なき者　アルジュナよ　既に話したが
この世で真理体得[*2]するには二種の道がある
哲学的思索を好む者には　知識の道《ジナーナ・ヨーガ》
活動を好む者には　奉仕の道《カルマ・ヨーガ》

*2 または大覚を得る。神と合一する。完成の境地に達する

〔四〕

仕事を避けて何もしないでいても
人間はカルマから解放されない*3
出家遁世したからといって
完成の境地に達するわけでもない

〔五〕

好むと好まざるとにかかわらず
物質自然《プラクリティ》の性質《グナ》から来る推進力で
ただの一瞬といえども
活動せずにはいられないのだ

〔六〕

行動の諸器官を抑制していても*4
心が感覚の対象に執着しているのは
自己をあざむく者であり
彼は偽善者とよばれる

*3 原因と結果（因果）、または、作用・反作用の堂々めぐり
*4 実際、行動をとらなくても

〔七〕

心で感覚を抑えて
あらゆることに執着せずに
私欲なく仕事を遂行する人こそ
まことにすぐれた人物である

〔八〕

定められた義務を仕遂《しと》げる方が
仕事をしないより　はるかに善い
働かなければ　自分の肉体を
維持することさえできないだろう

〔九〕

仕事を至上者《かみ》への供物としなければ
仕事は人を物質界《このよ》に縛りつける
故にクンティーの息子よ　仕事の結果を
ただ至上者《かみ》へ捧げるために活動せよ

［一〇］

元初《はじめ》に造物主《プラジャーパティ》は　人類を創造して
各自に供犠《くぎ》*5となる義務を与えて言った――
〝これをよく行う者に栄あれ
願望はすべて満たされるであろう〟と

［一一］

供犠をうけて　神々《デーヴァ》は喜び
神々もまた　人を喜ばせる*6
相互《たがい》に喜ばせ養いあって
至高の境地に達しよう

［一二］

供犠をうけて　満足した神々は
人に様々な食物や品々を授ける
それを賜《おく》られて　楽しみながら
神々に返礼しない者は盗賊である

*5　神に供物を捧げること。供養

*6　神々は、各種、一定の範囲の権限を至上者から与えられている

〔一三〕

神に供えた後の食物をとる正しい人は
凡《すべ》ての罪から免れることができる
味覚の楽しみのために食物を用意する者は
まことに罪そのものを食べているのだ

〔一四〕

すべての生物は穀物によって生き
穀物は　雨あってこそ育つ
雨は供犠によって降り
供犠は義務の遂行によって可能となる

〔一五〕

行動の規則は　ヴェーダより発し
ヴェーダの源は　至高梵《ブラフマン》*7である
ゆえに永遠普遍の無限者《かみ》は
常に供犠の行為にかかわっている

*7 宇宙の根本原理、第一原理

[一六]
このようにヴェーダで定められた
供犠を行わぬ者は　アルジュナよ
必ずや罪深い生活を送り
感覚的快楽に浸って空しく一生を終える

[一七]
だが　自己の本性《アートマン》を知って
それに満足し　歓喜し
それに安んじ　楽しむ者には
もはや為すべき義務《しごと》はない

[一八]
そのような人物にとっては
行為して得る目的もなく
行為せぬことによって失うものもない
他の何ものにも頼る必要がない

［一九］

故に仕事の結果に執着することなく
ただ為すべき義務としてそれを行え
執着心なく働くことによって
人は至上者《かみ》のもとに行けるのである

［二〇］

ジャナカのような王たちでさえ
義務の遂行によって完成の域に達した
故に　世の人々に手本を示すためにも
君は自分の仕事を立派に行いなさい

［二一］

何ごとでも偉人の行った行為を
一般の人々は　まねるものだ
指導的立場の者が模範を示せば
全世界の人々はそれに　つき従う

〔二二〕

プリターの息子よ　わたし*8は三界において
しなければならぬ仕事など何も無い
何一つ不足なく　何一つ得る必要もない
それでもなお　わたしは働いている

〔二三〕

プリターの息子　アルジュナよ
若《も》し　わたしが活動しなければ
必ずや人類はすべて
わたしに見習って働かなくなるだろう

〔二四〕

わたしが働くことを止めたら
三界はやがて消滅するだろう
望ましくない人口が増え
生物界すべての平和が破壊されるだろう

*8 至上者、最高人格神

〔二五〕

バラタ王の子孫よ　無知な人々は
果報を求めて仕事をするが
賢者は何事にも執着せずに活動する
それは世間の人を正道に導くためである

〔二六〕

果報に執着して行動する愚者たちの心を
賢明な人は　かき乱してはいけない
彼らが奉仕の精神で仕事をするように
だんだんと導き　励ましていくことだ

〔二七〕

物質自然《プラクリティ》の三性質《トリグナ》による活動を
我執の雲におおわれた魂は
自分自身が活動しているものと錯覚し
『私が為している』と思いこむ

［二八］

だが剛勇の士よ　真理を知った人は
感覚が対象を求め　また満足するのを
物質自然《プラクリティ》の三性質《トリグナ》の作用だと徹見して
決して自分の仕事に執着しない

［二九］

物質自然《プラクリティ》の三性質《トリグナ》に目をくらまされて
世俗の人は物質的活動に執着する
それが知識欠乏に原因すると知っても
賢明な人は彼らの心を不安にしてはいけない

［三〇］

ゆえにアルジュナよ　行動《しごと》のすべてを
すっかりわたしに任せなさい
利得を求めず　所有感*9を持たず
怯惰《きようだ》*10にならず　勇ましく戦え

*9 何事によらず「私のもの」という考え
*10 気が弱く臆病なこと

〔三一〕

わたしを信じてわたしの指示するままに
常に疑心なく　誠実に行動する者は
やがてカルマの鎖を断ち切って[*11]
自由になることができるのだ

〔三二〕

だが　わたしの教えを疑って
これを実行せぬ者たちは
無知蒙昧《もうまい》の徒となり果てて
破滅の淵に沈むであろう

〔三三〕

智識ある人でも
生まれつきの性格によって行動する
人は誰でも自然生得の傾向に従う
これに逆らっても無益である

*11　六道輪廻から解脱する

［三四］

感覚の対象に対する愛着と嫌悪感を
人は規制し支配するべきである
この快不快の念は
真理《さとり》体得への障害である

［三五］

他人の義務をひきうけるより
不完全でも自分の義務を行う方がよい
他人の道を行く危険をおかすより
自分の道を行って死ぬ方がよい」

［三六］　アルジュナ問う

「クリシュナよ　教えて下さい
人は自分の意志に反してまでも
罪深い行動に走ることがあります
これは何の力によるものですか？」

［三七］　至上者《バガヴァーン》こたえる

「アルジュナよ　それは貪欲なのだ
物質自然《プラクリティ》のラジャス[*12]から
欲望が生じ　憤怒が生ずる
これこそ物質界の住者にとって大敵である

［三八］

煙にまかれた炎のように
塵でくもった鏡のように
子宮に包まれた胎児のように
生物は異なった程度の欲望で覆われている

［三九］

このように生者の純粋意識[*13]は
欲望という天敵に覆われている
それは底無しの谷のように飽くことを知らず
燃えさかる火のように身心を焼く

*12 物質の三性質《トリグナ》の一つ
サットワ（善徳、調和、無欲性）
ラジャス（激情、欲求、熱性、積極性）
タ マ ス（暗愚、無知、消極性）

*13 自己本来の正しい意識

［四〇］

欲望は　眼　耳　鼻　舌　身の
五官と　心と　知性を住処《すみか》とし
正しい知識を覆いかくして
生者を迷わせているのだ

［四一］

バラタ王の最も秀れた子孫　アルジュナよ
先ず第一に自らの五官を支配して
正智《さとり》と自由を破壊しようとする
欲望を滅尽せよ

［四二］

感覚はその対象より優れ
心は　感覚より勝《すぐ》れ
知性《ブッディ》は　心より勝れている　だが
かれ[*14]は知性《ブッディ》より上位である

*14 アートマン。真我。霊我。たましい。自己の本体

〔四三〕

大勇の士　アルジュナよ——このように
真我《アートマン》は知性《ブッディ》より上であることを知り　その
霊的知性によって心を統御して
〝欲〟という名の恐るべき敵を征服せよ」

第四章

智識《ジナーナ》のヨーガ

［一］　至上者《バガヴァーン》クリシュナ語る

「わたしは　この不滅のヨーガを
太陽神ヴィヴァスヴァーンに教えた*1
彼はそれを人類の父マヌに教え*2
マヌがイクスワーク大王*3に教えたのである

［二］

この無上の学問《みち》は　このようにして
師弟継承の鎖によって伝えられ
聖王たちはこれをよく会得していたが
時代とともに鎖は切れ人々はその真義を見失った

［三］

太古の昔よりあるこの学問《みち》を
神と人との関係を説く無上の学問を
わたしは今日　わたしの信愛者《バクタ》にして友なる君に語る
君はこの人智を超えた神秘を会得できるのだ」

*1 約一億二千年前

*2 約二百万年前

*3 マヌの息子で弟子。地球の大王。至上者クリシュナがアルジュナにギーターを語ったのは約五千年前

［四］　アルジュナ問う

「太陽神ヴィヴァスヴァーンが生まれたのは
あなたの誕生よりはるかに昔のこと
あなたが彼にこの学問を授けたとは
いったい　どのように解釈すればよいのですか？」

［五］　至上者《バガヴァーン》こたえる

「滅敵者アルジュナよ　わたしも君も
何度となく　この世に生まれて来たのだ
わたしは全部《すべて》を　おぼえているが
君は前生のことを何も知らない

［六］

わたしは生まれることなく死ぬことなく
わたしの体は常恒不変である
わたしは全ての生物の至上者《イーシュワラ》＊4だが
どの時代にも原初《もと》の姿で出現する

＊4　支配主。主

［七］

宗教《ダルマ》が正しく実践されなくなった時
反宗教的な風潮が世にはびこった時
バラタ王の子孫　アルジュナよ
いいいわたしは何時何処《いつどこ》へでも現われる

［八］

正信正行の人々を救《たす》け
異端邪信のともがらを打ち倒し
正法《ダルマ》をふたたび世に興すために
いいいわたしはどの時代にも降臨する

［九］

わが顕現と活動の神秘を理解する者は
その肉体を離れた後に　アルジュナよ
再び物質界《このよ》に誕生することなく
わが永遠の楽土《くに》に来て住むのだ

〔一〇〕

執着と恐怖と怒りから離れ
全てをわたしに任せ　わたしに憩《いこ》い依《たよ》って
過去より数多《あまた》の人々はわたしを知って清浄となり
ことごとく皆わたしの処《もと》に到《つ》いたのである

〔一一〕

わたしに身心を委《ゆだ》ねた程度に応じて
わたしは人々に報いる
プリターの息子よ　すべての人々は
様々な方角から　わたしへの道を進んでいる

〔一二〕

世の人々は仕事の成功と果報を求めて
さまざまな神々を拝んで　それを願う
このようにして働けば速くたやすく
物質界の果報は得られるのだ

［一三］

自然界の三性質《トリグナ》とカルマに応じて
わたしは人間社会を四つに区分した
この四階層《カースト》はわたしが創ったのだが
わたしは全ての行為を超越している

［一四］

わたしはどんな活動にも影響されず
そして　どんな結果も望んでいない
わたしについての　この真理を知る者は
仕事に縛られず　その結果にとらわれない

［一五］

古来より自由[*5]になった者たちはすべて
この真理を理解して活動した
ゆえに君も先覚者たちを見習って
この聖なる意識で義務を遂行せよ

*5 仏教語では〝解脱〟

［一六］

活動《カルマ》*6とは　また無活動《アカルマ》とは何か
賢明な者でも　これを定義するのに迷う
今わたしはここで活動《カルマ》とは何かを説明する
これを知って君はあらゆる罪から離れよ

［一七］

活動《カルマ》の諸相は　まことに複雑　神秘であり
これを理解することは難しい　だが
人は活動《カルマ》　誤活動《ヴィカルマ》　無活動《アカルマ》について
正しく学ばなければならない

［一八］

活動のなかに　無活動を見
無活動のなかに　活動を見る人は
たとえどんな種類の仕事をしていても
相対世界を超越した覚者である

*6 行為、業

〔一九〕

すべて欲望を持たずに行動する者は
完全智を得た人と心得よ
賢者たちは　そのような人々を
大智の火で業《カルマ》を焼き尽くした人と呼ぶ

〔二〇〕

仕事の結果に全く執着しない人は
常に楽しく　自由自在である
あらゆる種類の活動をして
しかも無活動　無業報[*7]である

〔二一〕

このような英智の人は精神を完全に統御して
〝我所有《わがもの》〟の観念が全く無い
肉体を維持するに足るだけ働き
したがって悪業報を全く受けない

*7　作用に対する反作用をうけない

[二二]

無理なく入ってくるもので満足し
我・他《あれ》　彼・此《これ》を比較して悩み羨むことなく
成功にも失敗にも心を動かさぬ者は[8]
どんな仕事をしても束縛されない

[二三]

物質界《このよ》の利害得失を超越して
無執着の活動をする
自由な人[9]のする仕事は
ことごとく至上者《かみ》への供犠《ささげもの》となる

[二四]

聖なる意識[10]で活動すれば
必ず聖なる領域《くに》に達する
聖なる意識で捧げた供物も　供養者《そのひと》も
ことごとく永遠の大実在《ブラフマン》である

*8 相対二元性を超越する
*9 解脱した人
*10 ブラフマンの意識

［二五］
種々様々な　天神地祇《かみがみ》に
それぞれ異なった形式で供養する修行者《ヨーギー》もあり
ブラフマンの火のなかに
捧げものをする修行者もいる

［二六］
聴覚その他の感覚を
抑制の火に投じて供えものとし
また　音その他の感覚対象を
供犠の火壇に供える者たちもいる

［二七］
真我実現を熱望している人々は
心と感覚をすべて抑制し
五官の機能と呼吸までも供犠として
精神統一の火に投じる

〔二八〕

厳しい誓いをたてて
ある者は財産を捧げ　ある者は苦行をする
またヨーガの八秘法[*11]を行う者もあり
またある者は無上の智識を求めてヴェーダを学ぶ

〔二九〕

恍惚境に入るため呼吸[*12]を支配する者もいる
呼気《プラーナ》を吸気《アパーナ》に　また吸気《アパーナ》を呼気《プラーナ》に捧げ
ついに呼吸を全く止めて恍惚境に入る
また食を制し　呼気を呼気に捧げて供物とする者もいる

〔三〇〕

供犠の真意を知って行う者は
罪障の業報を免《のが》れ　身心を清めて
その供物の残余《のこり》である甘露を味わいつつ
永遠の楽土に入って行くのだ

*11 またはヨーガの八段階（八つの行法）とも言う。
(1)五つの禁戒《ヤマ》（非暴力、正直、不盗、梵行、不貪）
(2)五つの勧戒《ニヤマ》（清浄、知足、苦行、読誦、自在神祈念）
(3)坐法
(4)調気《じょうき》
(5)制感
(6)凝念《ぎょうねん》
(7)静慮《じょうりょ》
(8)三昧《さんまい》

*12 ハタヨーガの根幹をなしている調気《じょうき》法（プラーナーヤーマ）のこと

〔三一〕

クル王朝のなかで最も勝《すぐ》れた人よ
以上《いま》話した供犠を行わない者たちは
この生涯で決して幸福にはなれず
まして次の世では　どんな目にあうことか

〔三二〕

このような様々な形の供犠は
ことごとくヴェーダの是認するもの
そしてこれは様々な活動《はたらき》によってできる
この理を知れば　君は自由自在だ

〔三三〕

敵を撃滅する者よ　物品の供犠《くぎ》より
智識の供犠《くぎ》は　はるかに勝《まさ》る*13
プリターの息子よ　すべての活動は
究極には超越知識*14に通じる

*13 宗教的、霊的な知識は自分で学ぶことも、人に教えることも無上の法施である。仏教では「物施より法施が勝る」といっている

*14 ブラフマンの知識

〔三四〕

導師[*15]に近づいて真理を学び
うやうやしく問い　教えに従って師に仕えよ
自己の本性を覚《さと》った見真の人[*16]は
弟子に智識を授けることができるのである

〔三五〕

このようにして真理を知《さと》ったならば
君は再び幻影に迷うことなく
全宇宙の生物はすべて　わたしの一部であり
わたしの内《なか》にあり　わたしの所有だと知るのだ

〔三六〕

たとえ君が極重の罪人だとしても
この大智の舟に乗ったならば
あらゆる苦痛と不幸の大海を
難なく渡り超えて行くことができよう

*15　見真に導いてくれる師
*16　真理をさとった人

〔三七〕

アルジュナよ　燃えさかる炎が
薪を焼き尽くして灰にするように
あらゆる行為の業報はことごとく
智慧の火によって燃え尽き灰となる

〔三八〕

この大いなる智識[*17]こそ
この世における無上の浄化力
ヨーガによって　これを完成した人は
ただ内なる真我を楽しむ

〔三九〕

堅く熱心な信仰を持つ人
感覚の欲望を制御する人は
この無上の智識を得て
速やかに究極の平安に到る

*17 至上者、無限者を知る智識

〔四〇〕

だが無知にして信なき者たち
神の啓示による聖典を疑う者たちは
この世においても来世においても
平安を得られず常に不幸である

〔四一〕

果報を求めずに働く人
正智によって疑いを切り捨てた人は
自己の本性に徹して　自由自在となり
カルマに縛られないのだ　富の征服者《ダナーンジャヤ》よ

〔四二〕

バラタ王の子孫よ　心の迷いと疑いは
君の無知が原因で生ずるのだ
さあ　智慧の剣でそれを斬り捨て
ヨーガで武装し　立ち上がって戦え

第五章

真の離欲

〔一〕 アルジュナ問う

「はじめにあなたは仕事《カルマ》を離れよと言い
次には奉仕の精神で活動せよと勧《すす》める
どちらが本当に尊く　また有益なのか
いまここで明確にお示し下さい」

〔二〕 至上者《バガヴァーン》こたえる

「仕事の放棄《サンニャーサ》も　奉仕活動《カルマ・ヨーガ》も
ともに人を解脱へと導く
だが　この二つのうちでは
奉仕活動《カルマ・ヨーガ》の方が勝《まさ》っている

〔三〕

仕事の結果に欲望も嫌悪もいだかぬ人は
常に　離欲・放棄*1を行じているのだ
その人は　あらゆる二元対立を超えて
容易《らく》に物質界の鎖を断ち完全な自由を得る

*1 仏教で言うところの四大心＝慈・悲・喜・捨の〝捨〟にあたる

〔四〕

サーンキャ[*2]と　ヨーガ[*3]を

愚者は異なるものと考える

だが一方の道を極めた人は

両方の成果を得るのである

〔五〕

サーンキャを通じて到る境地には

ヨーガによっても達する

この二つを不異《おなじ》と見る人は

事物の実相を了解した賢者である

〔六〕

奉仕活動《カルマ・ヨーガ》を行わずに

ただ仕事を放棄する人は不幸である

ヨーガによって浄《きよ》められた聖者《ムニ》は

すみやかに至上者《ブラフマン》のもとに到る

*2　この場合は、物質界の哲学的分析研究

*3　カルマ・ヨーガ、バクティ・ヨーガなどの修行

〔七〕

ヨーガする人の魂は清浄で
心と感覚を支配し
すべての生物に思いやりがあり
絶え間なく働いても決して仕事に縛られない

〔八〕

神聖な意識の人は
見ても　聞いても　触れても
嗅ぐ　食う　動く　眠る　呼吸等をしても
内心では〝私は何も為していない〟と観《み》る

〔九〕

話すときも　捨てたり取ったりする時も
また眼を開け閉じするときも
五官がその対象と作用しているのみと観じ
彼は常に超然としているのだ

［一〇］

執着心を捨てて自らの義務を遂行し
その結果を至上者《ブラフマン》に献ずる人は
蓮の葉が水にぬれないように
あらゆる罪をはじいて　寄せつけない

［一一］

ヨーガ[*4]を行ずる人は全ての執着を捨て
体と心と知性を用いて
様々に活動し　仕事をするが
それは　ただ　自分を浄化するためである

［一二］

ヨーガを行ずる人は全行為の結果を捨てて
純粋正真の平安境に達する
ヨーガを行じない人は働きの報果《むくい》を求めて
仕事に縛られ　絶えず不安である

*4　［一一］、［一二］のヨーガは、カルマ・ヨーガ

［一三］

肉体をまとった魂が自然性《グナ》を支配し
諸々《もろもろ》の活動について無執着であれば
彼は働くことも働かせることもなく
九門の町に[5]　いとも楽しく住む

［一四］

肉体の町に住む主人公は行為せず
また人々に行為させることもない
故に行為の結果を生むこともない
活動はすべて物質界の自然性《グナ》が演ずるのだ

［一五］

罪深い行いをする者もあり
徳高く善き行いのみする者もあるが
大霊《ヴィブー》[6]はそのどちらにも動かされない
だが生物は無知のため迷い苦しむ

＊5　肉体のこと。目二つ、鼻孔二つ、耳二つ、口と肛門と生殖孔が一つずつ、九つの出入口がある

＊6　無限者、普遍者、ブラフマン、ヴィシュヌ、至上者、宇宙の大霊

〔一六〕

真智によって無明の闇を打ち破り
大光明のなかに入ったならば
いままでの疑問は悉《ことごと》く氷解する
真昼の太陽の下で万物が明らかなように

〔一七〕

知性と心をそれ《タット》*7に固定して不動となり
それを全く信頼し　それに全託したとき
人は全き智慧により全ての疑惑を除き
自由《げだつ》への道をまっすぐに進んで行く

〔一八〕

真理を学んだ賢者は
まことに心やさしく謙遜であり
僧侶《バラモン》も牛も象も犬も犬食い*8も
差別せず平等に観《み》ている

*7 至上者、〔一五〕のヴィブー
*8 犬を食うような賤民

［一九］

万象を平等に見て常に心平静な人は
すでに生死輪転を克服している
彼らはブラフマンのように円満無欠だ
すでにブラフマンの中に安住しているのだ

［二〇］

自己の本性を覚《さと》った人は
愉快な事物に会っても喜ばず
不愉快な事物に会っても悲しまない
二元相対を超えて遍照光明《ブラフマン》*9の中に安住している

［二一］

解脱した人は感覚の快楽《よろこび》や外物に関心なく
常に内なる真我《アートマン》の楽しみに浸っている
真我実現の人は心を至上者《ブラフマン》に集中して
限りなき幸福を永遠に味わっている

*9 ブラフマンは宇宙に遍満する光輝

〔一二二〕

アルジュナよ　感覚的《の》快楽は一時的なもので
終わった後に必ず悲苦を生ずる——故に
覚者《ブッダ》は決してこの悲悩の源に近づかず
このような空しい快楽を喜ばない

〔一二三〕

もし肉体を脱ぎ捨てる以前《まえ》に
五官による感覚の衝動に勝って
欲情と怒りを抑制し得たならば
その人は現世においても幸福である

〔一二四〕

内なる世界で幸福を味わい
内なる世界で　活動し　喜び楽しみ
内なる自己が光り輝くヨーギー*10こそ
永遠の安楽境《ブラフマ・ニルバーナ》に入るのだ

*10　ヨーガを行う人

[二五]

二元相対を超えて内なる喜びに溢《あふ》れ
あらゆる罪と疑惑を打ち払って
生類すべての向上のため働く人は
至上者に帰入して永遠の平安を得る

[二六]

怒りと物欲　肉欲を放下した人びと
自己の本性を知って修行にいそしみ
真我実現に向かって常に努力する人々は
やがて梵我一如の境地[*11]に達する

[二七]—[二八]

感覚を外界の事物からさえぎり
視力を眉間に集中して
呼気《プラーナ》と吸気《アパーナ》を鼻孔のなかに留め
こうして心と感覚と知性を支配し

*11 ブラフマン即アートマン（真我）の境地。ブラフマ・ニルバーナ

解脱を目指す聖者《ムニ》は
欲望と怒りと恐怖から解放される
常にこのような境地にある人は
確実に解脱しているのだ

［二九］

い、い、
わたしが一切の供犠と苦行の究極目的であり
全《すべ》ての星界《ローカ》の至上主《マヘーシュワラ》*12であり
一切生類の幸福を希《ねが》う大慈悲神であることを
知る人は永遠の平安《シャーンティ》に達する」

*12 大支配主、大神

第六章

瞑想のヨーガ

〔一〕　至上者《バガヴァーン》語る

「仕事の結果に執着することなく
ただそれを義務として行う人は
供犠の火を燃やさず祭典を行わずとも
真の出家《サンニャーシン》であり　ヨーギーである

〔二〕

真の離欲《サンニャース》とヨーガは同じもの——そして
ヨーガとは至上者《かみ》と結合することだ
感覚を満足させたいという欲望を
放棄しなければヨーギーにはなれない

〔三〕

八段階のヨーガ[*1]を登り始めた初心者は
行為すること（体による修行）が定法であり
すでにヨーガの頂上に達した人は
一切の行為を止めるのが定法である

*1
(1)五つの禁戒《ヤマ》（非暴力、正直、不盗、梵行、不貪）
(2)五つの勧戒《ニヤマ》（清浄、知足、苦行、読誦、自在神祈念）
(3)坐法
(4)調気《じょうき》
(5)制感
(6)凝念《ぎょうねん》
(7)静慮《じょうりょ》
(8)三昧《さんまい》

［四］

すべての事物に対する欲望を捨て去り
感覚を喜ばせるための行動をせず
報果《むくい》を求めずに仕事をする人こそ
ヨーガの完成者というべきである

［五］

人は自分の心で自分を向上させ
決して下落させてはいけない
心は自分にとっての友であり
また同時に仇敵でもあるのだ

［六］

心を克服した人にとって
心は最良の友であるが
心を克服できない人にとっては
心こそ最大の敵である

［七］

心を克服した人は既に至上我《パラマートマー》に達し
いとものどかな平安境に住む
彼にとっては幸も不幸も寒暑も
名誉も不名誉もすべて同じである

［八］

真智を得て大悟徹底し
自己の本性に満足したヨーギーは
感覚を統御して最勝の妙境に住し
土も石も黄金もすべて一味平等に観《み》る

［九］

自分に好意をよせる者も冷淡な者も
友人も　敵も　嫉妬深い者も
修道者《サードゥ》も　罪人も　どこにも属さぬ者も
みな平等に観《み》る人は真《まこと》に進歩している

［一〇］

ヨーギーは常に心を至上者《かみ》に置き
人里離れた所に独り住んで
いつも注意深く心を統御し
欲望と所有感を捨てなければならない

［一一］―［一二］

ヨーガを実修する人は人里離れた所に行き
地面にクシャ草を敷いて
その上に鹿皮と柔らかい布をかぶせる
座は高すぎず　低すぎぬように――
それを神聖な場所において
そこにヨーギーはしっかりと座を組み
心と感覚を統御して心意識《ハート》を清め
精神を一点に集中して修行する

〔一三〕―〔一四〕

体と頸《くび》と頭を一直線に立てて
鼻の先端を凝視せよ
心乱さず　静かに和《なご》やかに　怖《おそ》れなく
性生活を完全に放棄して
専心《ひたすら》わたし*2を想い　わたしを究極目標とせよ

〔一五〕

このように体と心と行動とを
統御する修行を積みあげて
ヨーギーは物質界を脱出して
わが住処《すまい》なる神霊王国《かみのくに》へ来るのだ

〔一六〕

アルジュナよ　ヨーガを行ずるには
あまり多く食べ過ぎてはいけない
また少食に過ぎてもいけない
眠り過ぎても　睡眠不足でもいけない

*2 至上者

［一七］

食べること　眠ること　仕事すること
また休養や　娯楽《たのしみ》についても
節度ある習慣をもてば　ヨーガの実修により
物質的苦悩をすべて除くことができる

［一八］

ヨーギーがヨーガを実修して
物欲　肉欲をことごとく追放し
心の動きを統御して真我《アートマン》に定住したとき
彼はヨーガを完成したと言える

［一九］

風のない所に置いた燈火《ともしび》が
決してゆらめくことがないように
心を支配したヨーギーの瞑想は
真我《アートマン》に安定して微動もしない

［二〇］－［二三］

ヨーガの実修によって
心の動きを完全に支配し得たところの
無上の境地をサマーディ＊3と言う
これは清浄心をもって自己の本質を知見し
それを味わい楽しむことである
この喜ばしくめでたき境地にあって
人は妙々至楽の歓喜地に住し
霊感覚＊4によって自らを楽しむ
この境地に定着すれば真理より離れることなく
その人は至高最大の宝を獲たことを知る
ここに安定すれば
いかなる困難にも動揺せず
一切の苦より脱して
真実《まこと》の大自由を得るのである

＊3　仏教では三昧という
＊4　五感を超えた感覚

［二四］

確固不動の決意と信念をもって
ヨーガの修行をつづけよ
小我*5の妄動より発する一切の欲望を捨て
あらゆる方面から感覚を統御せよ

［二五］

十分な確信をもって一歩また一歩と
知性《ブッディ》に導かれてサマーディの峯に登れ
そして心をただ一つ真我《アートマン》に固定し
ほかの一切を思うな　考えるな

［二六］

心の性質は頼りがたく　揺らぎやすい
いつ　いかなることにも動き　彷徨《さまよ》う
修行者《ヨーギー》はこれを断固として引き戻し
真我の支配下におかなくてはいけない

*5 偽我。誤我。肉体と五官の作用を〝我〟とする自我

〔二七〕

常に真我に定住したヨーギーは
まことに無上の幸福を得たのである
常にブラフマンのなかにあって
一切の罪を離れ情炎は静まり心平安である

〔二八〕

このように物質界の汚染と束縛から脱して
真我に安定してゆるがぬヨーギーは
至上者《かみ》と絶えず交流して
円満無礙《むげ》の歓喜地に入る

〔二九〕

真《まこと》のヨーギーは万物のなかに自己《アートマン》を見
また自己のなかに万物を見る
まことに真理を覚《さと》った人は
あらゆるところを同等に見る

〔三〇〕

森羅万象いかなる処にもわたし[*6]を見
わたしのなかに森羅万象を見る人を
わたしは必ず見ている
彼は常にわたしと共にある

〔三一〕

わたしが万有に遍在することを知るヨーギーは
わたしを常に礼拝する者であり
どこに居ても　何をしても
わたしのなかに住み　わたしと共にある

〔三二〕

すべては我が身の上のこととして
他者の悲喜を　わが悲喜とし
あらゆる生物を自己と等しく見る人こそ
アルジュナよ　完全なヨーギーである」

*6　至上者《かみ》

〔三三〕 アルジュナ言う

「マドゥスーダナよ[*7]
あなたの説明したヨーガ体系は
私の動きやすく頼りない精神《こころ》では
とても実行不可能に思われます

〔三四〕
クリシュナよ　心は絶えずゆれ動き
すぐ荒れ狂い　そして実に頑迷です
私にとって　これを制御することは
風を意のままに支配するより難しい」

〔三五〕 至上者《バガヴァーン》語る

「クンティーの息子　剛力無双の勇士よ
たえず動きさわぐ心を制御するのは
君の言う通りたしかに難しいが
不断の修練と離欲によって可能だ

*7 クリシュナの別名　〝マドゥ鬼を殺した者〟の意

〔三六〕

放逸な心をもった人にとって
真理の体得は極めて困難である
だが心を制御し正しい方法で精進すれば
必ず成功する　というのがわたしの意見だ」

〔三七〕　アルジュナ問う

「信仰を持っていたが　持続できなかった人
はじめ真我実現《さとり》の道を進んだが　俗心に負けて
ヨーガを完成できなかった人々は
その後いかなる運命をたどるのですか？

〔三八〕

大力無双のクリシュナよ　そのような人は
至上者《ブラフマン》への道をふみ外して
どの領域《せかい》にも立場がなくなり
ちぎれ雲のように消滅するのですか？

〔三九〕

クリシュナよ　これが私の疑問です
ぜひこの不安をとり除いて下さい
私の疑惑を打ちくだくことのできるのは
あなたをおいて　ほかにありません」

〔四〇〕　至上者《バガヴァーン》こたえる

「プリターの息子よ　真理を求めて
めでたき行いをした人々は
この世*8でも霊界《あのよ》*9でも破滅することはない
友よ　善を為した者は決して悪道に堕《お》ちない

〔四一〕

挫折したヨーギーは次生において
純真清浄な者たちの住む星界《せかい》*10に往《い》き
長い間そこの生活を楽しんだ後で
地上の徳高き豊かな貴族の家庭に生まれる

*8 五官で感得できる世界

*9 この場合は肉眼で見えない世界を広く指す

*10 一つの天体《ほし》が一つの世界。高下無数の星界が物質界にも霊界にも存在する

〔四二〕
または大いなる智識をそなえた
ヨーギーの家庭に生まれてくる
地球上《このよ》において　このような誕生は
まことにまことに稀なのである

〔四三〕
アルジュナよ　そのような家庭に生まれて
彼は前世における神聖な意識を
よみがえらせて　その力を一新し
再び最高の目的に向かって努力するのだ

〔四四〕
前生で聖なる意識をもっていた徳により
彼は我知らずヨーガの思想に魅《ひ》かれる
探求心の強い求道者は常に
宗教儀礼を励行する者より勝れている

〔四五〕

幾多の誕生をくりかえして修行を重ね
誠実に努力して霊的向上に励み
すべての汚濁《よごれ》を洗い清めたヨーギーは
ついに至上の目的地に着くのである

〔四六〕

ヨーギーは苦行者より偉大である
ヨーギーは哲学者より偉大である
ヨーギーは有益な働き手より偉大である
故にアルジュナよ　ぜひヨーギーになりなさい

〔四七〕

だが全てのヨーギーのなかで最勝の人は
大いなる信をもって　わたしに帰命し
常に信愛を捧げて礼拝奉仕する人だ
彼はわたしの最も親しい身内なのだ」

第七章

至上者《かみ》についての知識

〔一〕　至上者《バガヴァーン》語る

「プリターの息子よ　よく聞きなさい
心をわたしに密着させて
全意識をもってヨーガを行ずることだ
そうすれば疑いなくわたしを知る

〔二〕

わたしは今ここで　五官で認知できる現象と
認識不可能な神霊的領域についての
完全な知識を　君に与えよう
これ以上に知るべきものは何一つない

〔三〕

全き智識を求めて努力する者は
おそらく幾千人の中の　ただ一人
その秀れた求道者たち幾千人のなかで
わたしの実相を知るものは　ただ一人

〔四〕

地　水　火　風[*1]　エーテル《カー》[*2]
心　知性　我念《アハンカーラ》——
わたしから分離散開した物質自然《プラクリティ》は
この八つで形成されている

〔五〕

この低位エネルギー[*3]のほかに　アルジュナよ
わたしは高位のエネルギー[*4]をもっている
これが生命エネルギーであり
宇宙万有を支えているのだ

〔六〕

宇宙における物質的なものすべて
また精神的なものの全ては
わたしを起源として生じ　また
これを消滅させるのもわたしである

*1　気体、空気
*2　カーは〝空〟と訳す場合もあるが、ここでは宇宙に満ちている大気外の精気、霊気
*3　物質エネルギー
*4　霊エネルギー

［七］

富の征服者《ダナーンジャヤ》　アルジュナよ
わたしより高いものは何一つ存在しない
糸に通され連《つら》なった真珠のように
あらゆるものは　わたしが支えている

［八］

クンティーの息子よ
わたしは水の味であり　太陽と月の光
ヴェーダの真言《マントラ》におけるオーム*5の音
エーテルの響《ひびき》　人間のなかの能力

［九］

わたしは大地の清新な芳香《かおり》
そして　わたしは燃える火の熱
わたしは生きとし生けるものの生命《いのち》
そして　わたしは苦行者の忍耐心

*5 祈りの言葉の前に唱えられる聖音オームは、ブラフマンを象徴し、ヴェーダ聖典の中で最も大切で神聖な音節とされている

〔一〇〕

プリターの息子よ　わたしを理解せよ
わたしは万物の永遠の種子であり
智者のなかの知力であり
すべての強者がもつ力であることを

〔一一〕

わたしは肉欲にも物欲にも超然とした
強者のなかの最強者であり
戒律《ダルマ》に反かぬ情欲《カーマ》*6である
おおバラタの家系の王子よ

〔一二〕

サットワ　ラジャス　タマスから成る
あらゆる状態の自然界万有は
すべてわたしのエネルギーから現象する
だがわたしはそれ*7ではなく　わたしのなかにそれがあるのだ

*6　子供が欲しいと願う、純粋な気持だけで行われる夫婦関係
*7　物質自然界とその現象

〔一三〕

サットワ　ラジャス　タマス*8によって
形成され　そして幻惑されている万有は
これら三性質《トリグナ》を超越しているわたしを知らない
無限のエネルギーをもつわたしを認識できない

〔一四〕

この三性質《トリグナ》から成るわたしの低位エネルギーに
うち勝つことは大そう難しい
だがわたしにすべてを任せて服従する者は
容易《やすやす》とこれを　のり超えて行ける

〔一五〕

まったく無知で悪行ばかり為す者
人間として最低の者　幻影《マーヤー》に心が狂った者
魔の性格を持った者　この四種の者たちは
決してわたしのもとに来ない

*8 物質自然《プラクリティ》の三性質《トリグナ》
サットワ＝善徳性・明・知的・調和的・向上
ラジャス＝激動性・熱・妄動的・積極的・束縛
タ マ ス＝怠惰性・暗・無知的・消極的・下落

〔一六〕

バラタ家の最勝者アルジュナよ
わたしを礼拝する善人に四種ある
苦悩《なやみ》をもつ者　幸福を願う者
研究心が強い者　真理の智識を求める者

〔一七〕

彼らのなかでも真理の智識を十分に持ち
清らかな心でわたしを信仰し
常にわたしを想い　礼拝する人こそ最上だ
わたしと彼は互いにこよなく愛し愛されている

〔一八〕

彼らはまことに高貴なる魂たち——だが
わたしについての智識を十分に持つ人こそ
わたしはわたし自身だと思っている
彼はわたしに来《きた》りわたしの中に住んでいるのだ

[一九]

数多《あまた》の生涯を経て真智を得た人は
わたしがあらゆる原因の大原因であり
全《すべ》ての全《すべ》てであることを知ってわたしに従う
このような偉大な魂《マハートマ》は実に稀《まれ》である

[二〇]

物欲に歪《ゆが》んだ心をもつ者たちは
生まれつきの性格や傾向によって
様々《さまざま》な神々のもとに行って拝み
その宗派の教義や規則に従っている

[二一]

どのような形であっても
人が神々を拝む気持になると
彼にふさわしい信仰者になるように
わたしがその信念を堅《かた》める

［二二］

わたしが与えた信念をもって
彼は特定の神に願いをかけ
希望した事物《もの》を獲得するが
利益《りやく》はすべて　わたしが授けるのだ

［二三］

知性少なき者たちは各種の神々を拝み
利益を得るが　それは有限で一時的なもの
神々を拝む人々は神々の星界[*9]へ往《い》き
わたしの信者は必ずわたしの星界[*10]に来る

［二四］

愚かな人びとは　非顕現のわたしを
現世に出現したと考える
彼らは知性が低いために
わたしの永遠不変の性相《すがた》を感知できない

*9　星界＝世界　一つの天体が一つの世界

*10　クリシュナが住む至上妙楽の世界。仏教でも弥陀《ミダ》の浄土、観音の浄土など種々ある

〔二五〕

わたしは愚者と知性低劣な者たちには見えない
彼らはわたしの造化力《ヨーガマーヤー》だけを見ている
無明《マーヤー》幻象の世界に住む者たちには
不生不滅　円満完全なわたしが見えず　理解できない

〔二六〕

アルジュナよ　わたしは過去のことも
現在起こっていることも
将来起こることも悉《ことごと》く知っている
わたしは全ての生物を知っているが　誰もわたしを知らない

〔二七〕

バラタの子孫よ　恐怖の撃滅者よ
全ての生物は幻影の中に生まれ
自らの欲望と憎悪より生じた
二元相対の世界を実在と錯覚している

［二八］

過去における数多《あまた》の生涯もまた今生でも
清らかな生活をした人　また悪業報を断ち切って
二元相対の迷妄を払い除けた人々は
固い決心のもとにわたしを礼拝する

［二九］

知性ゆたかな人々はわたしに安らぎを求め
老や死*11から解脱しようと努力する
彼らはやがて第一原理《ブラフマン》を知り　真我《アートマン》を知り
カルマ*12等すべてを知るようになる

［三〇］

わたしが全ての物質現象を支配し
また霊界　神界　すべての供犠の支配者であると知る人々は
不動の信念でわたしを礼拝し
死の刹那といえどもわたしを心から離さない」

---

*11 ゴータマ・ブッダも老病死からの自由を求めて修行し、永遠の至福（涅槃《ねはん》）を得た

*12 生命活動

第八章

永遠に到る道

〔一〕　アルジュナ問う

「至上の御方《プルショッタマ》よ　ブラフマンとは何か
そして真我《たましい》とはどんなものか
また　カルマとは　物質現象とは
いわゆる神界とはどんな所か　説明して下さい

〔二〕

供犠《アディヤジナー》を受ける主*1は我らの肉体の中の
どの部分にどのようにして住んでいるのか
信仰を持ち修行や供犠をしている者が死ぬ時
あなたはどのようにして会って下さるのですか？」

〔三〕　至上者《バガヴァーン》こたえる

「ブラフマンは不壊不滅にして
永遠無限の実在*2——
宇宙に遍満する大霊《たましい》である　そして
万有を生み出す創造エネルギー*3をカルマという

*1 ヴィシュヌとインドラのことをいうが、ここでは〝内なる神〟ほどの意

*2 万有それより生じそれによって生き滅してそれに帰る。それ即ちブラフマンなり

*3 生命エネルギーといってもよい

〔四〕

物質自然《プラクリティ》は絶え間なく変化するが*4
物界　霊界　神界を含む大宇宙は至上主《わたし》の体である*5
そして各個体の心臓に宿る至上我《たましい》は
その至上主であるわたし自身なのだ

〔五〕

死の時が来て肉体を離れるとき
わたしだけを憶念する者は誰でも
まっすぐにわたしの所に来る*6
ゆめゆめこのことを疑うな

〔六〕

誰でも肉体を脱ぎ捨てるとき
心で憶念している状態に必ず移るのだ
クンティーの息子よ　これが自然の法則——
常に思っていることが死時に心に浮かぶ

*4 諸行無常

*5 毘盧遮那《ビルシャナ》仏の思想
太陽がすべてのものを平等に照らすように、毘盧遮那仏がすべてのものの中に無限にゆき渡っている、と考えられている

*6 弥陀《ミダ》を憶念すれば弥陀《ミダ》の浄土に往生する。弥陀《ミダ》＝阿弥陀《アミダ》仏＝宇宙に遍満する光明。別名は無量光、無量寿仏

［七］

故にアルジュナよ　常にわたしを想いながら
同時に君の義務である戦いを遂行せよ
心と知性《ブッディ》をわたしに固く結びつけておけば*7
疑いなく君はわたしのもとに来るだろう

［八］

プリターの息子よ　常に訓練して
至上者《わたし》を瞑想せよ
決して他のものに心を散らしてはいけない
そうすれば必ず至上者《わたし》のもとに来るのだ

［九］

全智全能なる大宇宙の支配者
最も古く最小のものより微細な万有の維持者
物質界を超えて千万の太陽の如く輝く
難思絶妙なる一《ひとり》の人格神として至上者《わたし》を瞑想せよ

*7 （行為《しごと》の結果をわたしに捧げて）心と知性《ブッディ》をわたしに固く結びつけておけば

〔一〇〕

ヨーガの行力と不動の信念により
臨終のとき生気を眉間に集中し
満心の思慕をもって至上者《わたし》を憶念すれば
必ずわたしのもとに来ることができる

〔一一〕

ヴェーダを学んだ人びとが
不死の世界とよんでいる処について説明しよう
偉大な哲人　賢者たちはここに入るために
きびしい禁欲の修行をする

〔一二〕

ヨーガ修行は全ての感覚的快楽を
離脱することから始まる
五官の門を閉じて　心を心臓に
生気を頭頂に集中して精神統一をする

〔一三〕

ブラフマンそのものを表すところの
聖なる音節オームをとなえ
至上者《わたし》を想いながら肉体を離れる者は
必ず至高の世界へ往《い》く

〔一四〕

プリターの息子よ　心を他に外《そ》らすことなく
専心《ひたすら》にわたしを憶念する者は
その常なる信愛行《バクティ・ヨーガ》の功徳によって
やすやすと　わたしのもとに来る

〔一五〕

わたしの所に来た偉大な魂《マハートマ》たちは
決して再びこの地上《よ》に
苦悩と悲惨に満ちた物質界に戻らない
彼らは生命として最高の完成に達したからだ

〔一六〕

物質界における最高の星界《ブラフマローカ》から最低の星界*8は
生死をくりかえす苦悩の住処《すみか》だ
しかしクンティーの子よ　わたしの住処《すみか》に来た者は
決して物質界《このよ》に再生することはない

〔一七〕

地球上の　昼と夜と
人間の用いる計算方法では
創造神ブラマーの一日《ひる》は千周代*9
ブラマーの一夜も千周代

〔一八〕

ブラマーの一日が始まると
多種多様な無数の生物が姿を現わし
ブラマーの夜になると
彼らはすべて姿を消す

*8 天人の住む天国から地獄まで——仏教では六道輪廻という。（地獄・餓鬼・畜生・修羅・人間・天人）一つの天体《ほし》が一つの世界だが、地球は六道が混在する星界と考えられる

*9 一周代はサティヤ時代《ユガ》、トレータ時代《ユガ》、ドバーパラ時代《ユガ》、カリ時代《ユガ》の四時代の経過。およそ四三一万四千年。現代はカリ時代《ユガ》

〔一九〕

ブラマーの夜が明けると再び
万物群生は流れ出て活動を始め
暗闇《よる》になると溶解消滅する
物質世界はただこれを反復《くりかえ》すだけである

〔二〇〕

だがこの未顕現　顕現の現象《すがた》を超えて[*10]
別な世界が実在する
それは至上至妙にして永遠不滅
物質宇宙《このよ》が絶滅してもそのままである[*11]

〔二一〕

その非顕現[*12]の清浄界こそ
不滅の妙楽世界であり
そこに到達した者は決して物質界に戻らない
そこがわたしの住処《すみか》である

*10 物質現象の奥に——

*11 法華経の如来寿量品第十六の偈文（詩句）、通称「自我偈」参照

*12 顕・未顕を超越したもの

［二二］

すべてに勝る至上者《バガヴァーン》のもとには
不動の信仰によってのみ到達できる
かれは至上の住処《すまい》に在ってしかも全宇宙に充満し
万生万物はかれの内《なか》に存在する

［二三］

バラタ一族で最も秀れた人よ
この世を去るに際して　再生する時期と
再生することのない時期について
わたしはここで説明しよう

［二四］

火神の支配下にある時　日光かがやく時
月の明るい二週間[*13]　太陽が北緯にある六ヶ月[*14]
ブラフマンを知る者がこの時期に捨身すれば
再び物質界《このよ》に戻ってくることはない

*13 新月の後の二週間
*14 冬至から夏至までの六ヶ月

［二五］

煙っている時　夜　月の暗い二週間[*15]
そして太陽が南緯にある六ヶ月[*16]に捨身する者
また月の世界に行った修行者《ヨーギー》たちは
再びこの地球に戻ってくる

［二六］

物質界《このよ》を去るにあたって
明るい道と暗い道があり
明道を行く人は戻らず
暗道を行く人は戻ってくる

［二七］

プリターの息子　アルジュナよ
この二つの道を知る修行者《ヨーギー》は
捨身（死）のとき決して迷わない
故に　たゆむことなくヨーガに励め

*15　満月の後の二週間
*16　夏至から冬至までの六ヶ月

〔二八〕

わたしのこの教えを理解した修行者《ヨーギー》は
ヴェーダの学習や供犠　苦行
慈善などの行事[*17]に心を費やさず
それらを超えた至高の浄土に往《い》く」

*17　これらは報果を求める善行とされている

第九章
最も神秘な智識

［一］　至上者《バガヴァーン》語る

「アルジュナよ　君はわたしに何の疑いも持たず
素《す》直《なお》な気持で信じ切っているので
これから最も神秘な知識を授けよう
これを知れば悪と苦悩から解放される

［二］

これは至上の智識　神秘中の神秘
無上の浄化力であり宗教《ダルマ》の完成である
そして甚《はなは》だ行い易《やす》く
永遠につづく歓喜の道である

［三］

滅敵の勇者　アルジュナよ
この至上智の道を信じない者たちは
わたしのもとに来ることができず
生死反復の物質界に戻っていく

〔四〕

非顕現のわたしのなかに
この全宇宙はひろがっている
全ての存在はわたしのなかにあり
わたしが彼らのなかにあるのではない

〔五〕

だが万物が物質としてわが内にあるのではない
これは至聖不可思議の秘密力なのだ
わたしは全生物の維持者であらゆる処にいるが
宇宙現象の一部ではなく創造の源泉なのだ

〔六〕

世界の到る処に動いている大気は
常にエーテル空間[*1]のなかにある
それと同じような関係で
万物はわたしのなかにあるのだ

*1 アーカーシャ、虚空

〔七〕

クンティーの息子よ　周期《カルパ》の終末《おわり》には
万生万有はわたしの低位エネルギーのなかに吸引される
そして次なる周期の始まりに
わたしは再び万有を展開する

〔八〕

わたしの意志が全宇宙の法則
わたしの意志によって全てのものが
くりかえし　くりかえし現象し
くりかえし　くりかえし消滅する

〔九〕

アルジュナよ　だが——
わたしはこの現象活動に縛られない
わたしは常にそれらから離れている
わたしは常に無執着　中立である

〔一〇〕

わがエネルギーの一つ　この物質自然《プラクリティ》は
わたしの指示で活動し
動くものと動かぬものを産み出す
創造と破壊をくりかえす

〔一一〕

人の姿をとって降誕《くだ》ったわたしを見て
愚者たちは普通《ただ》の人間だと思っている
わたしの超絶した性格と力と
わたしが全《すべ》ての大王　支配者であることを知らずに

〔一二〕

迷える人々は正しい信仰を排して
悪魔的思想に毒されている
その妄想の故に　彼らの希望も
祭式行事も知識修得もすべて徒労《むだ》である

〔一三〕

プリターの息子よ　偉大な魂《マハートマ》たちは
わが聖霊エネルギーのなかに住み
わたしを元なる神　不滅の大源と知って
不動の精神《こころ》でわたしを礼拝する

〔一四〕

偉大な魂《マハートマ》たちは常にわたしを讃嘆し
堅忍不抜の志で精進し
わたしの前にうやうやしく身をかがめ
熱き愛慕の情をもって礼拝する

〔一五〕

他にも知識を開発してわたしに近づこうとする者たちは
わたしを全一なる至上主として
また種々の相《すがた》をとるものとして
或いは宇宙の相《すがた》そのものとして礼拝している

〔一六〕

だが　わたしがヴェーダ祭式の全てであり
供犠　祖先供養の全てである
わたしは薬草であり　真言《マントラ》であり
またバターであり火であり供物である

〔一七〕

わたしは宇宙の父　宇宙の母
万有を支える太祖である
わたしは知識の究極目的　万物を浄化するもの
そして聖音オーム　リグ　サーマ　ヤジュルのヴェーダ

〔一八〕

わたしは全《すべ》ての目的　保護者　主《あるじ》　目撃者
わたしは住処《すまい》　避難所　そして友人である
わたしは起源であり消滅であり　万物の基礎
憩いの家であり　不滅の種子である

［一九］

アルジュナよ　わたしは熱を与え
雨を留め　また雨を降らせる
わたしは不死《アムリタ》であり　また死《ムリタ》である
霊と物質*2は両《ふた》つながらわたしである

［二〇］

三ヴェーダ*3を学び　ソーマ*4の液を飲み
供犠を励行してわたしに天国行《ゆき》を求める人々は
悪業を浄《きよ》めてインドラ等の天国星界に生まれ
地球では想像も及ばぬ快楽《けらく》の生活を楽しむ

［二一］

善行の功徳によって天国の快楽を味わう者は
果報が尽きれば即時《たちまち》に地上に戻る
楽を求めて三ヴェーダの祭式に執する者は
このように空しく誕生と死を反復《くりかえ》すのみ

*2 サンスクリットでは、サット（実在）とアサット（非実在）

*3 リグヴェーダ　サーマヴェーダ　ヤジュルヴェーダ

*4 神々、特にインドラに供えられるもので、霊感、英気を高めるとされている

〔二二〕

他を思うことなく　専心《ひたすら》にわたしを拝み
わたしの姿を瞑想している人々に対して
わたしは彼らに必要なものすべてを与え
持っているものを失わぬように保護する

〔二三〕

クンティーの息子よ　他の神々の信者で
真心こめて清らかな気持で信仰する者たちは
実はわたしを拝んでいるのである
正しい方法ではないけれども——

〔二四〕

あらゆる種類の供犠供養　祭式は全部《すべて》
わたしだけが　その享受者である
このわたしの実相を知らぬうちは
生物は輪廻転生をくりかえすのだ

〔二五〕

神々を拝む者はその神々の領域《くに》に生まれ
祖先を拝む者はその祖先のもとに行き
自然霊や幽鬼を拝む者はその世界に生まれ
わたしを拝む者はわたしのところに来る

〔二六〕

誰でもわたしに信と愛をこめて
一枚の葉　一もとの花　一個の果物
あるいは一椀の水を供えるならば
わたしは喜んでそれを受けよう

〔二七〕

何を為《し》ても　何を食べても
何を供え　誰に何を賜《おく》っても
またどのような修行　苦行をしても
アルジュナよ　全てはわたしへの捧げものとせよ

〔二八〕

このようにすれば君は仕事の束縛と
その結果の吉凶から解放される
欲を離れて心をわたしに固く結びつければ
君は真の自由を得てわたしのもとに来る

〔二九〕

わたしは誰をも憎まず　誰をも愛さず
全ての生類に対して平等である
だがわたしを心の底から信じ愛慕する者は
常にわたしの中に住みわたしも彼の中に住む

〔三〇〕

たとえ極悪非道の行いがあっても
専心《ひたすら》わたしを愛し　わたしに仕えるならば
彼は聖なる人である――なぜならば
根本の決定が正しいからだ

〔三一〕

彼は速やかに正道へたちもどり
永遠の平安を得るであろう
クンティーの息子よ　確信せよ
わたしの信愛者《バクタ》[*5]は決して滅びないことを

〔三二〕

プリター[*6]の息子よ　たとえ低い生まれでも
即ち　女[*7]　ヴァイシャ[*8]　スードラ[*9]等でも
わたしに保護を求めて来る者らは
最高の完成に達するであろう

〔三三〕

まして心正しきバラモン[*10]や
信仰あつい王族[*11]などはなおさらのこと
はかなく悲苦に満ちた物質界《このよ》にあっては
ただわたしを信じ頼って過ごすことだ

*5 バクティは〝信仰〟よりもっと強い意味で、愛慕、恋慕に近い。そうした熱烈な信者をバクタという

*6 クンティー妃の別名

*7 仏教でも、一般に女は悟りを開けないものとされている。男より罪深く、愚かとされている

*8 商人階級

*9 労働者階級

*10 僧侶・学者階級。四カーストのうちの最上

*11 クシャトリヤ。王族、軍人階級、四カーストの二番目。アルジュナも釈尊もこの階級だった

［三四］

常にわたしを信頼し　わたしを想い
わたしに従い　わたしを礼拝せよ
常にわたしに身心を捧げている者が
わたしのもとに来るのは当然である」

第十章

至上神《かみ》は全存在《すべて》の源

［一］　至上者《バガヴァーン》語る
「剛勇の士アルジュナよ
君はわたしの親友だから
いままでより更に善き知識を
君のために話して聞かせよう

［二］
千万の神々も偉大な聖者たちも
わたしの起源　全相を知ることはできない
なぜなら　あらゆる意味において
わたしが神々と聖者の出所なのだから──

［三］
わたしが不生　無始であり
全宇宙の至上主であると知る者のみ
人間のなかにあって幻影に迷うことなく
全ての罪けがれから解放される

〔四〕

知性　知識　疑心のないこと
寛容　正直　感覚欲の制御
幸福と不幸　誕生と死
恐怖　そして恐怖心の無いこと

〔五〕

非暴力　平静　満足
禁欲　慈善行為　名誉と不名誉
これらの多様な資質を
生物に与えるのはわたしである

〔六〕

七大聖　またそれ以前の四大聖——そして
人類の祖・マヌたちはわたしの心から生まれた
無数の星界に住む生物たちはすべて
彼らを祖として発生したのである

〔七〕

わたしの　この大いなる業《わざ》と力を
正しく知る者は不動のヨーガ*1で
常にわたしと共に在る
これには何の疑いもない

〔八〕

わたしは霊界　精神界　物質界全部《すべて》の根源
わたしから万有万物は発現し展開する
この真実を知る賢者は
全身全霊でわたしを信仰し讃美する

〔九〕

彼らは常にわたしを想い
生活のすべてをわたしに捧げる
常にわたしについて語り合い
啓発し合うことに無上の歓喜《よろこび》を味わう

*1 信愛《バクティ》のヨーガ

［一〇］

わたしを信じ　わたしを愛して
常にわたしに仕える者たちに
わたしは見真《ブッディヨーガ》の力を与える
それによって彼らはわたしのもとに来るのだ

［一一］

彼らに特別な慈悲を施すため
わたしはそれぞれの胸に宿り
輝く智慧の燈火をもって
無知から生じた闇を破る」

［一二］　アルジュナ言う

「あなたは至高のブラフマン　無上の安息所
そして全てを浄化する御方
永遠至聖にして不生無始
全宇宙に遍在する元始《はじめ》の神

〔一三〕

ナーラダ　アシタ　デーヴァラ
そしてヴィヤーサ等の大聖者たちは皆
あなたに関するこの真実を認めました
そして今　あなた自身がそれを宣言された

〔一四〕

クリシュナよ――あなたが語ったことは
ことごとく真実であると私は信じる
おお至上の神《バガヴァーン》よ――
神々も悪魔らもあなたの全性相《すべて》を知らない

〔一五〕

まことに　あなたを知るのはあなたひとり
あなたこそ至上の御方――
生きとし生けるものの御《おん》父　万有の支配者
神々に君臨する大神　全宇宙の大主です！

〔一六〕

願わくはあなたの聖なる御力と
全ての宇宙　全ての星界に
光り輝き満ち溢《あふ》れている
荘厳華麗な性相《すがた》についてお話し下さい

〔一七〕

ヨーガの主よ　どのようにしてあなたを想い
どのようにしてあなたを知ればよいのか
どんな形であなたを念じたらよいのか
至上の神《バガヴァーン》よ　何とぞお教え下さい

〔一八〕

クリシュナよ　今《もう》一度詳《くわ》しくお話し下さい
あなたの神秘な御力と顕現《あらわれ》について
どんなに聞いても私は飽きない
聞けば聞く程もっとその甘露《アムリタ》を味わいたくなるのです」

［一九］　至上者《バガヴァーン》語る

「よろしい　ではアルジュナよ
わたしの光り輝く表現《あらわれ》の
主要なものだけを語って聞かせよう
詳しく言えば際限《きり》がないからだ

［二〇］

アルジュナよ　わたしは真我《たましい》として
一切生類の胸に住んでいる――また
わたしは万物万象の始めであり
中間であり　そして終わりである

［二一］

アーディティヤ*2たちのなかでわたしはヴィシュヌ
光るもののなかで　わたしは太陽
風の神々のなかでは　その支配者マリーチ
星々のなかで　わたしは月である

*2 太陽神

〔二二〕

諸ヴェーダのなかの　わたしはサーマ・ヴェーダ
神々のなかの　わたしは天国の王インドラ[*3]
感覚のなかの　わたしは心
生物のなかの　わたしは意識

〔二三〕

わたしは全ルドラ[*4]中のシャンカラ[*5]
ヤクシャ[*6]　ラクシャサ[*7]たちのなかの富神クベーラ[*8]
ヴァス[*9]のなかでは　首領の火神アグニ
山々のなかではメール山[*10]である

〔二四〕

アルジュナよ　僧たちのなかでは
わたしはその首長《おさ》　ブリハスパティ
将軍たちのなかではスカンダ[*11]元帥
水体のなかでは大洋《うみ》である

---

*3 帝釈天《たいしゃくてん》。神々の王とされる

*4 十一体いるとされている

*5 シヴァ神

*6 夜叉《やしゃ》

*7 羅刹《らせつ》

*8 毘沙門天《びしゃもんてん》

*9 神々の一種、八柱ある

*10 ヒンドゥー教の宇宙観において、世界の中心にそびえるという山。仏教で言うところの須弥山《しゅみせん》

*11 韋駄天《いだてん》

〔二五〕

聖賢のなかではブリグ
音声振動のなかではオーム
供犠　供養のなかでは唱名《ジャパ》＊12
動かぬもののなかのヒマラヤ

〔二六〕

わたしは樹木のなかの菩提樹《アスワッタ》
神仙のなかのナーラダ
楽　天《ガンダルヴァ》＊13　たちのなかではチトララタ
完成者《シッダ》＊14のなかのカピラ聖

〔二七〕

馬のなかでは――
甘露酒《ネクター》の海から生まれたウッチャイシュラバー
そして王象のアイラーヴァタがわたしだ
また人々のなかでは王である

＊12　神の名を唱える行
＊13　音楽を好む天族
＊14　真理を体得した人

〔二八〕

武器のなかでは雷電[*15]
牛のなかではカーマデュク[*16]
生殖のためには愛神カンダルパ
蛇のなかでは龍王のヴァースキがわたし

〔二九〕

ナーガ蛇類のなかではアナンタ[*17]
水に住む生きもののなかでは水神ヴァルナ
祖先たちのなかの統領アルヤーマ
法の施行者のなかでは死神ヤーマ[*18]

〔三〇〕

ダイティヤ鬼のなかではプラフラーダ
征服者のなかでは〝時間〟[*19]
獣類のなかではライオン
鳥類のなかではガルダ[*20]がわたしである

---

*15 インドラ神の武器

*16 クリシュナの国にいる牛で、いつでも好きなだけ乳を出す

*17 コブラのようにからかさ状の頚部をもつ。蛇の中で最も大きい

*18 仏教では閻魔《えんま》大王

*19 地上のどんな征服者、権力者も必ず時間に征服される

*20 迦楼羅《かるら》。ヴィシュヌ神の乗り物である蛇を食う巨大な鳥

〔三一〕

わたしは清めるもののなかでは風
武器を揮《ふる》う者のなかのラーマ*21
魚類のなかでは鱶《ふか》
河川のなかではガンジス河

〔三二〕

アルジュナよ　わたしは全創造物の
始めであり終わりであり　また中間である
学問のなかでは真我《アートマン》を探究する科学
討論する者たちの間の弁証法*22

〔三三〕

わたしは字のなかのア字*23
複合語のなかの二重語*24
また　わたしは無尽蔵の時間
創造者のなかでは四頭をもつブラマー

*21 大叙情詩「ラーマーヤナ」の主人公

*22 討論、弁論によって矛盾を超えて新しい真理に到達する方法

*23 サンスクリット語のアルファベットの最初の文字、聖音オーム（a、u、m）の最初の文字。ヒンズー教でも仏教（密教）でも最も神聖とされている

*24 同列の単語の組み合わせ例えば「神仏」や「善良」

［三四］

わたしは一切を食い尽くす〝死〟であり
あらゆる事物《もの》の発生源であり
女性たちの間の令名　幸運　美しい話法
記憶力　知性　堅実　忍耐力

［三五］

サーマ・ヴェーダの讃歌ではブリハト・サーマ
詩のなかではガヤトリー[*25]がわたし
月日のなかではマールガシールシャ[*26]がわたし
季節のなかでは花咲く春がわたし

［三六］

また　わたしは詐欺《だまし》のなかの大賭博
かがやくもののなかの大光輝
そしてわたしは勝利であり冒険であり
強者のもつ〝強さ〟である

*25 リグ・ヴェーダで最も多く用いられ、最も神聖とされる詩（マントラ）

*26 インドの暦ではマールガシールシャ月が一年の最初の月とされており、現代の太陽暦では十一月から十二月にかけての一ヶ月に当たる

〔三七〕

わたしはヴリシニ族中のヴァースデーヴァ[*27]
パンドゥ家のなかのアルジュナ
聖者《ムニ》のなかではヴィヤーサ
思想家のなかではウシャナーである

〔三八〕

懲罰の方法のなかでは
わたしは〝鞭打ち〟である
勝利を求める者たちにおける賢明な政策であり
秘行者における沈黙　智者における智慧である

〔三九〕

またその上に　アルジュナよ
わたしは全存在を生み出す種子である
動くものも　動かぬものも
わたし無しには存在し得ない

*27 クリシュナはヴリシニ族のヴァースデーヴァの息子として生まれた

〔四〇〕

敵を絶滅する強者アルジュナよ
わたしの神聖顕現に終末《おわり》は無い
いままで君に話したことは
わたしの無限の力と相《すがた》の一部にすぎない

〔四一〕

栄光に輝くもの　壮麗《そうれい》なもの
偉大なもの　善美なものはすべて
わたしの光輝より発した閃光《きらめき》の
一つにすぎないということを知れ

〔四二〕

だがアルジュナよ　わたしの無限の力を
詳細に知ろうとするのは無益ではないか?
わたしの体の一断片が展開増殖して
この全宇宙を創り支えているのだよ」

第十一章
至上神《かみ》の宇宙的形相

〔一〕 アルジュナ言う

「あらゆる神秘のなかで
最も神秘な真我《たましい》の問題について
あなたは親切に教えて下さいましたので
私の迷妄《まよい》は今や全く消え失せました

〔二〕

蓮《はちす》のような眼をもつ御方よ
万物の生成と消滅についても詳しく聞き
またあなたの御力と栄光が
永遠にして無限であることを知りました

〔三〕

至上神《パラメーシュワラ》であり大元霊《プルショッタマ》である御方よ
あなたは自ら語られた通りの御方です
願わくはあなたが宇宙現象のなかに入って
活動している普遍的形相《すがた》を見せて下さい

〔四〕

もし私にあなたの宇宙的形相を
見る資格があると思われたなら
なにとぞヨーガの支配神《イーシュワラ》よ
あなたの宇宙相を私にお見せ下さい」

〔五〕　至上神《バガヴァーン》こたえる

「プリターの息子よ　では見るがよい
何千何万という様々な性質と
形と　そして色とをもった
わたしの強大壮麗な姿を——

〔六〕

バラタ王の最も秀れた子孫よ　さあ見よ
アーディティヤ*1　ヴァス*2　ルドラ*3の種々相を
アシュヴィン二神の　四十八体の風神《マルト》等
多種多様な神々を　今まで誰も見なかった無数の驚異を

*1 十二神あり
*2 八神あり
*3 十一面相あり

［七］

アルジュナよ　見たいものは何でもわが体の中に見よ
現在見たいもの　将来見たくなるもの
動くものも動かぬものも
渾然《こんぜん》としてわが内に一体であることを見届けよ

［八］

しかし　君が持っている眼では
わたしの普遍相を見ることはできない
だからいま君に天眼を授けてあげる
さあ　わたしの神秘荘厳な姿を見なさい」

［九］　サンジャヤ言う

王よ　プリターの息子にこう語って
ヨーガの大支配神《ヨーゲーシュワラ》であるハリ*4は
大宇宙の支配者であることを示す
驚異の姿を顕《あら》わしました

＊4　ハリ＝クリシュナのこと
ヴィシュヌ神の別名

［一〇］

アルジュナの見た至上神の普遍相は――
無数の口あり無数の眼に不思議な視覚あり
無数の光り輝く天の宝飾で荘厳され
数多《あまた》の聖なる武器をふりかざして

［一一］

種々の妙なる天の花々を頭かざりとし
数々のきらめく天衣をまとって身に聖なる香油をぬり
何もかも驚異に満ち不可思議の極み
無辺際に光り輝いてあらゆる方角に顔を向けている

［一二］

数千の太陽が同時に空に昇った
その有様を想像してごらんなさい
その輝きこそ至上主の普遍相の
光輝光彩にたとえられましょうか

〔一三〕

その時　その場でアルジュナは見たのです
神々のなかの神　至上主の普遍相のなかに
無数の宇宙が展開して
千種万態の世界が活在しているのを――

〔一四〕

アルジュナは驚嘆のあまり有頂天になり
髪の毛は逆立ち
思わず頭をうやうやしく下げ
合掌して至上主を礼拝しました

〔一五〕　アルジュナ言う

「おお、わが神よ！　あなたの体内に
あらゆる神々と多種多様な生物が見えます
蓮華の上に坐すブラマーもシヴァ大神も
あらゆる聖賢が　そして聖なる蛇たちが――

〔一六〕

おお宇宙の御主《おんあるじ》よ　あなたの普遍相《おすがた》のなかに
無数の腕が　無数の腹が　無数の口や目があります
一切処に遍満して辺際なく
終わりも中間も始めも見えません

〔一七〕

真昼の太陽か燃えさかる大火焔《えん》のように
十方にひろがる光彩はあまりにも眩《まばゆ》いが
それでも到る処に様々な宝冠　棒　円盤等で荘厳した
白光を放つあなたの御姿を見ています

〔一八〕

あなたは究極の真理なる大実在
宇宙の本源なる大御親《おおみおや》
永遠の宗教の保護者なる大神
人類の記憶を超えた最古の御方だと私は確信する

［一九］

始まり無く　中間無く　終わり無く
無限の力と無数の腕を持ち太陽と月はあなたの両眼
口からは光り輝く火炎を吐き
あなたの光輝《ひかり》で全宇宙は燃え上がっている

［二〇］

あなたは唯一身《ひとり》で　天と地の間の
一切の空間にあまねく充満している
その不可思議の極み　その恐るべき相《すがた》を見て
三界*5ことごとく畏懼震撼《いくしんかん》している

［二一］

神々の集団《むれ》はすべてあなたの中に吸いこまれていく
恐れおののいて合掌し祈りを捧げる神々もある
大聖者《マハーリシ》や大覚者《シッダ》の群《むれ》は〝善哉善哉《すべてよし》〟と叫び
あなたを讃美し讃歌を合唱する

*5 天国、地球、地獄

［二二］

ルドラ諸神　アーディティヤ諸神　ヴァス諸神
サーディヤ諸神　ヴィシュヴェデーヴァたち
アシュヴィン二神　風神たち　楽神《ガンダルヴァ》たち
ヤクシャ　アスラ*6　シッダたちすべて　驚嘆してあなたを仰ぎ見る

［二三］

何という強大な御方か　数えきれぬ顔と
目と腕と股と足と腹と　そして恐ろしい歯と——
あなたの言語に絶する姿を見て
三界は私と同じように畏《おそ》れおののく

［二四］

一切処に遍満するヴィシュヌ*7よ
様々な色の眩《まばゆ》い光を空に放ち
無数の口を大きく開き眼は爛々《らんらん》と燃えさかる
あなたの姿を見て私の心は恐怖にゆれ動く

*6 阿修羅《あしゅら》
*7 ヴィシュヌ神＝クリシュナ

〔二五〕

神々の支配者たる至上主よ　全宇宙の保護者よ
何とぞ私を憐《あわ》れんで慈悲を与えたまえ
激怒した死神のような御顔とすさまじい歯を見て
私は恐怖に身がすくみ　どうしていいかわからない

〔二六〕

ドリタラーシュトラの息子たち*8も
彼らと同盟した諸国の王たちも
ビーシュマ*9　ドローナ　カルナもみな……
ああ　そして味方の将軍　戦士たちもみな……

〔二七〕

い、い、
あなたの恐ろしい口へとなだれ込んでいく
そして　そのすさまじい歯にかかって
頭をバラバラにかみくだかれ
押しつぶされて四散するのが見える

*8 パンドゥ兄弟に敵対している王子たち
*9 以下、敵方の将軍たち

〔二八〕

地上に流れる数多《あまた》の河川が
ことごとく大海に呑みこまれるように
王も英雄も戦士たちもすべて
あなたの火焔の口にとびこんでいく

〔二九〕

燃えさかる炎のなかに
蛾の群がとびこんでいくように
人々は全速力をあげて
あなたの口の中に走りこんでいく

〔三〇〕

おおヴィシュヌよ　八方から来る人々を
あなたはすべてむさぼり食っている
焦《こ》げるほどの光輝で全宇宙を覆う
恐るべき姿をあなたは顕《あら》わされた――

［三一］

神々のなかの神よ　何と恐ろしい御姿か！
あなたは誰なのですか？　何とぞ私に慈悲をたれ給え
万有の始祖なる至上主よ　私はあなたについて知りたい
あなたの御意志《おこころ》が私にはわからないのです」

［三二］　至上者《バガヴァーン》こたえる

「わたしは〝時《カーラ》〟*10である
もろもろの世界の大破壊者である
わたしは人々を滅ぼすために此処に来たのだ
お前ら兄弟を除いて両軍の将兵は全て殺される

［三三］

故に立ち上がれ　戦って栄誉を勝ちとれ
敵を征服して王国の繁栄を楽しむがよい
わたしは既に彼らの死を決定したのだ
弓の名手よ　ただ〝戦う道具〟となれ

*10 死、運命も意味する。あらゆるものは〝時〟によって創られ、〝時〟によって滅びる

〔三四〕
ドローナ*11　ビーシュマ　ジャヤドラタ　カルナはじめ
他の豪傑たちの命は既にわたしが奪った
故に彼らを殺しても決して悩むことはない
ただ戦え　お前は勝って敵は滅びるのだ」

〔三五〕　サンジャヤ言う
王よ　至上主《バガヴァーン》のこの言葉を聞いて
アルジュナは震えながら何度も礼拝し
畏怖のため口ごもりながら
次のようにクリシュナへ言上しました

〔三六〕　アルジュナ言う
「感覚の支配者《フリシーケーシャ》*12よ　あなたの御名を聞いて
全世界は歓喜し　生類はすべてあなたを愛慕する
魔族《ラクシャサ》は恐れて八方に逃げ散り
完成者《シッダサーンガ》たちはあなたを讃美し礼拝する

*11 以下、アルジュナが尊敬している敵方の将軍たち
*12 クリシュナの別名

[三七]
ブラマー*13より偉大な　万有の始祖であるあなたを
彼らが礼拝し讃美するのは当然のこと
あなたは無限者　神々の支配者　全宇宙の安息所
不滅の大源　全ての原因の大原因
有無を超越した御方

[三八]
あなたは最初の人格神　最古老の太祖
全世界の安息所　そして全てを知り　また
知り得るもの全てである究極の目的
あなたの変化無限の相《すがた》で全宇宙は満ちみちている

[三九]
あなたは風神であり死神ヤーマです
そして火神アグニ　水神ヴァルナ　月神シャシャンカ
そして最初の生物《プラジャーパティ》　そして大老祖《プラピターマハ》
私は幾千度も讃嘆し礼拝する　南無　南無　南無！

*13 創造神

［四〇］

あなたを前から礼拝し　後ろから礼拝し
横から斜《なな》めから十方から礼拝したてまつる
ああ無限の力　無限の権能《ちから》をもつ御方よ
あなたは一切処に遍満し　全てはあなたです

［四一］

あなたの無限絶大な権能《ちから》も知らず
愚かにもただ親愛なる友人と思いこんで
クリシュナ　ヤーダヴァ*14　友よ　などと呼んでいた——
愛するあまりの私の数々の非礼を許して下さい

［四二］

くつろいだ時はあなたに冗談を言ったり
同じ寝床にねころんだり一緒に座ったり食べたり
二人だけの時も大勢のいる前でも　幾たびも不敬なことをした
大いなる御方よ　どうぞ私の誤《あやま》ちをお許し下さい

*14 クリシュナはヤドゥ族（ヤーダヴァ）の一部、ヴシリニ族の出身なのでこう呼ばれている

〔四三〕

あなたは全宇宙の万生万有の御《おん》父
すべてのものが拝み従う無上の導師
あなたと同等な者は無く同座できる者も無い
測り知れぬ力をもつ御方よ　あなたに勝《まさ》る者は三界に皆無です

〔四四〕

あなたは全生物に礼拝される御方
私は五体投地して礼拝し慈悲を乞う
父が息子の生意気をゆるし　友が友の非礼をゆるし
妻が夫の浮気をゆるすように私の誤ちをゆるして下さい

〔四五〕

未だかつて見たことのない御相《かほ》に接し
歓喜《よろこび》と同時に私の心は怖れおののく
神々の支配者よ　全宇宙の保護者よ
何とぞ御恵をもって　もう一つの御神姿《おすがた》をお見せ下さい

〔四六〕
宇宙普遍相において千の手をもつ御主《あるじ》よ
何とぞ四つの腕の御姿[*15]を見せて下さい
宝冠をかぶってそれぞれの腕に
棒と車輪とほら貝と蓮華をもつ御姿を——
」

〔四七〕　至上者《バガヴァーン》語る
「アルジュナよ　わが神力により
この普遍相を君に見せたことを喜んでいる
光り輝く無方辺の相《すがた》　元始根源の姿を
いままで誰一人として見た者はいない

〔四八〕
アルジュナよ　君より以前《まえ》に
わたしの宇宙普遍相を見た者はない
ヴェーダの学習や　どのような供犠　慈善　苦行によっても
物質界《このよ》でこの形相《すがた》のわたしを見ることはできない

*15 ナーラーヤナとしての姿

〔四九〕

わたしのすさまじい形相《すがた》を見て

君は怖れうろたえたが

さあ　もう安心するがよい――そして

君の望み通りの姿を見なさい」

〔五〇〕　サンジャヤ言う

至上者《バガヴァーン》クリシュナはアルジュナにこう言って

四本腕の姿を示した後

もとの二本腕の姿にもどって

怖れおののいているアルジュナを慰めました

〔五一〕

もとの姿になったクリシュナを見てアルジュナは

「クリシュナよ

人間の姿になったまたとなく美しいあなたを見て

私の気持は落ち着きました」と申しました

［五二］　至上者《バガヴァーン》語る

「愛するアルジュナよ
いま君が見ているわたしの姿を
見ることは　まことに難しいのだよ
神々でさえこの姿を見たいと常に憧れている

［五三］

いま君が見ているわたしの姿は
ただヴェーダを学んだだけでは見えない
厳しい苦行や慈善　供犠を重ねても見えない
そうした手段ではわたしの真実の姿は見えないのだ

［五四］

アルジュナよ
わたしを信じ愛慕することによってのみ
いま君の前に立っている真実の姿を見得るのだ
わたしの神秘に参入できるのは

この方法をおいて他に無いのだ

〔五五〕

アルジュナよ　利得の業を離れ　空理空論を捨て
わたしを愛慕し　わたしのために働き
わたしを至上目的とし　一切生類に思いやりをもつ者は
必ず　疑いなくわたしのもとに来るのだ」

第十二章

信愛《バクティ》のヨーガ

〔一〕　アルジュナ問う

「常にあなたを愛し礼拝している者と
不滅　非顕現の大実在――すなわち
非人格のブラフマンを礼拝している者と
ヨーガにおいてどちらが勝れていますか？」

〔二〕　至上者《バガヴァーン》こたえる

「常にわたしの姿を心に念じ
絶大不動の信仰をもって
わたしを拝んでいる者こそ
ヨーガにおいて最上であるとわたしは考える

〔三〕

だが　非顕現の実在[*1]
知覚を超え　すべてに遍満し
不可思議　不変　不動の
非人格的真理を礼拝する者たち

*1　宇宙の根本原理ブラフマンのこと

〔四〕

そして　諸々《もろ》の感覚を抑制し
あらゆる生きものを平等に扱い
広く世界の福利のため働く者たち——
彼らも終《つい》にはわたしのもとに来る

〔五〕

至上者の非人格的な相《すがた》　即ち非顕現の真理に
心をよせる者たちの進歩は甚《はなは》だ困難である*2
肉体をもつ者たちにとって
その道は常に険《けわ》しく様々な困難を伴う

〔六〕

だが　わたしに熱い信仰をもって
すべての行為をわたしのために行い
常にわたしを想い　念じ
常にわたしを礼拝し　瞑想する者たち

*2 仏教では弥陀《ミダ》信仰を易行道、様々な修行により自性を悟って解脱するのを難行道という

［七］

常に心をわたしに結びつけている者たちを
プリターの息子よ
わたしは速やかに
生死の海から救い出す

［八］

常にわたしのことのみを想い
知性《ブッディ》のすべてをわたしに委《ゆだ》ねよ
そうすることによって疑いなく
君はわたしのなかに住んでいるのだ

［九］

富の征服者《ダナーンジャヤ》　アルジュナよ　もし
わたしに不動の信心決定ができないなら
信愛行《バクティ・ヨーガ》の実習に努めよ
これによってわたしへの愛が目覚めるのだ

［一〇］

信愛行《バクティ・ヨーガ》の実修ができない者は
わたしのために働くように心がけよ
わたしのために働くことによって
やがて完成の境地に到るであろう

［一一］

わたしのために働くことのできぬ者は
わたしに全部《すべて》を任せて
仕事の結果に執着せず
努めてこれを放棄《すて》るように心がけよ

［一二］

ヨーガの実修ができぬ者は知識を究《きわ》めよ
だが　知識より瞑想が勝《まさ》り
瞑想より行果の放棄*3が勝る
行果を捨て去れば直《ただ》ちに心の平和が得られる

*3 欲を捨てること。これが欲しい、こうなって欲しい等々。仏教では四大心といって、慈・悲・喜・捨の心を尊び、最後の捨徳が最も尊く、かつ難しいとされる

〔一三〕

すべての生類に対して悪意を持たず
彼らの親切な友となり　我執と所有欲なく
幸　不幸を等しく平静に受け入れ
他者に対して寛大である者

〔一四〕

常に足ることを知って心豊かに
自制して断固たる決意のもとに
心と知性《ブッディ》をわたしにゆだねる者
このような人をわたしは愛する

〔一五〕

誰にも迷惑をかけず　干渉もせず
誰からも心の平安を乱されない者
順境にも逆境にも心平静な者
このような人をわたしは愛する

〔一六〕

私心なく　身心ともに清純で何事にも適切に対処し
何事も心配せず何事にも悩まず
結果を期待した企画や努力をしない者
このような人をわたしは愛する

〔一七〕

どんな事物にも喜ばず悲しまず
こうあって欲《ほ》しいとも欲しくないとも思わず
吉凶禍福に超然として心動かさぬ者
このような人をわたしは愛する

〔一八〕―〔一九〕

友も敵も等しく扱い　名誉不名誉に関心なく
寒暑　苦楽　また賞讃　非難に心動かさず
常に無益な交際をせず　無益な口をきかず
何事にも満足し　住所住居に執着なく

断固たる決心で心をわたしに結びつけ
信愛行《バクティ・ヨーガ》にはげむ人をわたしは愛する

［二〇］
わたしを信じ　愛慕し
わたしを究極至上の目的として
この永遠不滅の法道を行くわたしの信者を
わたしはこの上なく愛している」

第十三章

物質源《プラクリティ》と精神源《プルシャ》、用地《クセートラ》とそれを認識する者

〔一〕　アルジュナ言う

「クリシュナよ　私は
プラクリティ*1とプルシャ*2について
用地《クセートラ》*3と用地の認識者について　また
知識と知識の対象について学びたいのです」

〔二〕　至上者《バガヴァーン》語る

「クンティーの息子よ
この肉体が用地《クセートラ》であり
この肉体を知覚認識している者が
用地を認識者《しるもの》である

〔三〕

バラタの子孫よ　そして　このわたしが
全ての肉体の認識者であると知れ
肉体とその認識者について理解することが
真の知識であると　わたしは考えている

*1　自然、物質源
*2　精神源
*3　原語のクセートラは場所、田畑、野原、戦場等の意。ここでは〝活動の場〟の意味にとる

［四］

さて　この用地《クセートラ》——活動の場は何なのか
どのように構成され　変化し　また何処《どこ》から来るか
用地の認識者は誰で　どんな作用をするか
簡単に説明するから　よく聞きなさい

［五］

古来の聖賢たちは　この知識について
多くの讃歌や格言のかたちで
様々に表現し説明している
特にヴェーダーンタ経《スートラ》が道理分明である

［六］

五大要素*4　我念　理解力
気（未発の活力）
十根*5（五官の受動両面）
心　五官の対象*6（色声香味触）

*4 地、水、火、風、空

*5 眼、耳、鼻、舌、身（皮膚）の五つの感覚器官（ブディインドリア）、及び、口、手、足、肛門、生殖器の五つの行動器官（カルメーンドリア）

*6 五大要素《マハーブータ》、我念《アハンカーラ》、理解力《ブッディ》、気《プラクリティ》、十根、心《マナス》、五官の対象《タンマートラ》。これらを合わせて、二十四の存在原理と言う
霊魂《プルシャ》（精神源）はこの二十四から独立している

〔七〕

欲望　憎悪　喜楽
悲苦　身体の諸機能　知力　意志力
およそ　これらのものが
活動の場とその相互作用である

〔八〕

謙遜　虚栄《みえ》を捨てること
非暴力　寛容　正直
正師を求めて師事すること
清潔　堅忍不抜《けんにんふばつ》の精神　自制

〔九〕

欲望の対象から心を離すこと
我執を無くすこと
生老病死を苦とみなし
その本質を究《きわ》めること

［一〇］

あらゆる事物に執着しないこと
妻子や家庭に対する愛着を捨てること
愉快なこと　不愉快なことにあたって
冷静であること――

［一一］

至上者《わたし》に対する不動の信仰
世俗を離れ　静かな処に独居する希望
一般大衆　俗世間の人々と
無益な交際をしないこと

［一二］

自己の本性を知《さと》ることの重要さを認識すること
絶対真理への探究心――
以上のことは智慧[*7]の本質であり
これに反することは無知無明である

*7　真の智識

〔一三〕

さて　永遠の生命を得るために
知るべきことを　これから説明しよう
大霊ブラフマンは無始であり
有と無を超越している

〔一四〕

あらゆるところに　かれの手あり足あり
眼も頭も顔も至る処にあり
至る処に耳があって全《すべ》ての音を聞き
全《すべ》てを覆いつくして時空に充満している

〔一五〕

かれはあらゆる感覚機能をもつが
かれ自身には感覚器官が無い
一切を維持しながら一切に執着なく
物質性《グナ》を楽しんで　物質性《グナ》を超越している

〔一六〕

全《すべ》てのものの内にも外にもかれは在り
不動であって　しかも動く
はるかに遠く　また極めて近く
その精妙なこと　とても肉体感覚では認識不可能だ

〔一七〕

個々に分かれて存在するように見えるが
かれは決して分かれず常に一《ひとつ》である
かれは万生万物の維持者であるが
一切《すべて》の絶滅者であり　創造育成者である

〔一八〕

かれは光るものの光の源泉であり
物質性《グナ》の明暗を超えて光り輝いている
かれは知識であり　知識の対象であり
知識の目的であって——全個々《すべて》の心臓《フリディ*8》に住む

*8 フリディ＝胸、心臓、心、中心

[一九]
用地《クセートラ》（肉体）と　知識と知識の対象について
わたしは簡単に説明した
いま話したことを理解するわたしの信者だけが
わたしの浄土《くに》に来ることができよう

[二〇]
さて　物質自然《プラクリティ》と霊魂《プルシャ》*9は
ともに無始であり
変化作用《ヴィカーラー》と三性質《トリグナ》*10は
ともに物質自然《プラクリティ》に属している

[二一]
プラクリティはあらゆる物質現象の
原因と結果の根源《みなもと》であり
プルシャは物質界の多種多様な
苦楽を経験する原因*11である

*9 精神源、生命
*10 サットワ
ラジャス
タマス
*11 或いは主体

〔一二二〕

プルシャはプラクリティのなかにあって
その三性質《トリグナ》と関係を持つ
三性質《トリグナ》との係わり方に応じて
善または悪の子宮に宿って誕生する*12

〔一二三〕

だが肉体のなかにはもう一つ
根本主である至上霊が住んでいる*13
それは至上我《パラマートマー》または超魂とも言われ
生者の全《すべて》活動を監督し　認可し　また経験する

〔一二四〕

プルシャ（個魂）とプラクリティ（物質自然）
またその三性質《トリグナ》の相互作用を理解する者は*14
現在どのような環境にいても
決して地上に再生しない

*12 生物の種類、そして環境

*13 個魂と超魂、または個霊と大霊。個体内にはこの二つがあるという考え

*14 自己の本性を知った人。つまり梵我一如を大悟した人は解脱自由を得る
真我《アートマン》＝至上我《パラマートマー》＝大霊《ブラフマン》

〔二五〕

或る者は瞑想禅定によってそれを覚《さと》り
或る者は理論哲学《サーンキャ》を学んでそれを知り
或る者は名利を求めぬ仕事*15をして
それを通して至上我を見る

〔二六〕

或る者はこのような霊的知識を知らなかったが
人からこれを聞いて至上者《わたし》を拝みはじめる
こうした人々も正智聞信の功徳により
生死の鎖から解放されるであろう*16

〔二七〕

バラタ一族の最も秀れた者よ
動くものも　動かぬものも
生まれ出たものはことごとく
用地《クセートラ》（体）とその認識者との結合であることを知れ

*15 カルマ・ヨーガ

*16 永遠の生命を得ること。本来、永遠の生命なのだが、生まれたり死んだりするものと錯覚して苦悩しているのが、無明無智の人々

〔二八〕

そして　すべての生物のなかに
ひとしく至上主《パラメーシュワラ》*17が住んでいる
必滅の体のなかにあるこの不滅なるものを
知る人は　まことに存在の実相を見ているのだ

〔二九〕

あらゆる所に　あらゆる生物のなかに
ひとしく至上主《パラメーシュワラ》を見る者は
自分で自分を傷つけることなく*18
まっすぐに至高の目的地に近づく

〔三〇〕

すべての行為《カルマ》は物質自然《プラクリティ》によって
つくられた肉体が行うのであって
自己の本体《アートマン》とは無関係であると知る者は
存在の実相を見ているのである

*17 或いは至上神＝ブラフマンの神格化＝仏教の如来

*18 自ら自己の本体であるアートマンを……

〔三一〕

物質体《にくたい》の千差万別を見て
差別観におちいらず　生物は全《すべ》て
一なるものより発することを知ったとき
その人はブラフマン意識に達する

〔三二〕

クンティーの息子よ　霊魂《アートマン》は不滅であって
物質自然《プラクリティ》の性質作用を超越している
それは肉体のなかに在《あ》るが
何事も行為せず　影響をうけない

〔三三〕

エーテルは到る処にあるが　その精妙さの故に
どんな物とも混じりあわぬように
霊魂《アートマン》はどの体のなかにいても
何ものにも影響をうけない

〔三四〕

バラタ王の子孫よ　一つの太陽が
この全世界を照らしているように
霊魂《たましい》は肉体のなかにあって
体の全部《すべて》を意識で照らしている

〔三五〕

智慧の眼を開いて
肉体とその認識者との相違を知る者は
物質自然《プラクリティ》の鎖から脱出する方法も知って
至上の目的地に到達する」

第十四章

物質自然《プラクリティ》の三性質《トリグナ》

〔一〕　至上者《バガヴァーン》語る

「わたしはもう一度
君に最高の知識を話して聞かせよう
これを知って聖者《ムニ》たちはことごとく
完成の域に達したのだ

〔二〕

この知識を体得することによって
人はわたしの性質と同化して
物質宇宙の創始期に生まれることなく
壊滅の時にも何のかかわりもない

〔三〕

バラタ王の子孫　アルジュナよ
全物質源《プラクリティ》は大ブラフマンとも呼ばれ
わたしはこのなかに種をまく
すると　あらゆる生物が湧き出てくる

〔四〕

クンティーの息子よ
多種多様な生命体はすべて
わたしの子宮であるプラクリティから生まれ
また　わたしが種をまく父である

〔五〕

プラクリティには三つの性質《グナ》——
サットワ　ラジャス　タマスがある
霊魂《たましい》*1がプラクリティに接触すると
この三性質《トリグナ》によって束縛される

〔六〕

罪なき者よ　サットワは他に較《くら》べると
清らかで光り輝き　健康的であるが
幸福を求め知識に憧れるということで
肉体をまとった魂を束縛する

*1　個生命

〔七〕

クンティーの息子よ　ラジャスは
際限のない欲求と切望である
この性質の作用は　人間を
物質的利益*2のある仕事に縛りつける

〔八〕

バラタ王の子孫よ　タマスは
肉体をもつ魂の迷妄である
この性質に支配されると
狂気　怠惰　多眠に束縛される

〔九〕

バラタ王の子孫よ
サットワは人を幸福に執着させ
ラジャスは人を利益ある仕事に執着させ
タマスは人の知識を消して判断を狂わせる

*2 名誉と利得

〔一〇〕

時にはサットワ優勢でラジャス　タマスを制し
時にはラジャス優勢でサットワ　タマスを抑え
時にはタマス優勢でサットワとラジャスを支配する
このようにして三性質《トリグナ》は常に競争している

〔一一〕

サットワが増してくると
肉体の九門　すなわち目　耳　鼻
口　肛門　生殖器が
智慧の光で輝くようになる

〔一二〕

ラジャス増長のしるしは
物事に対する強烈な執着　利益をうむ活動
激しい努力　抑えきれぬ欲望
そして発展へのあくなき追求　焦燥である

［一三］

アルジュナよ　そして――
タマスが増長すれば
暗愚　邪悪　ものぐさ　無気力
狂気　妄想などが現われてくる

［一四］

サットワの支配下で肉体分解すれば*3
その魂《ひと》は聖者たちや
立派な信仰家たちの住む
清らかな世界に上がって往《い》く

［一五］

ラジャスの支配下で肉体分解すれば
その魂は仕事に追われる人々の世界に生まれ
タマスの支配下で肉体分解すれば
その魂は無知蒙昧《もうまい》な女の胎《はら》に宿る

*3 サットワの性質が他の二性《グナ》を抑えている状態で死ねば――

〔一六〕

サットワによる行動の結果は
善美であって汚れなく
ラジャスによる行動の結果は苦痛であり
タマスによる行動の結果は愚昧である

〔一七〕

サットワからは真実の智識が生じ
ラジャスからは貪欲が生ずる
そしてタマスからは愚鈍と
狂気と妄想が生じる

〔一八〕

サットワに生きる人々は次第に高い世界に上がり
ラジャスに生きる者たちはこの世界に留まり
いまわしいタマスに生きる者たちは
地獄のような世界に堕《お》ちていく

［一九］

全《すべ》ての行為は自分がするのではなく
物質自然《プラクリティ》の三性質《グナ》の作用にほかならぬ事を知り
その上に至上主の実在を正覚した者は
この三性質を超越してわたしのもとに来る

［二〇］

肉体をまとった者が　その体と連合する三性質《グナ》を
振り捨ててこれを超越したとき
誕生と老と死の苦より解脱し
物質界《このよ》にいる間《うち》から至幸の神酒をのむ」

［二一］　アルジュナ問う

「主よ　三性質《トリグナ》を超越した人の
特徴《しるし》を何とぞお教え下さい
彼はどんな生活をし　行動をするのか——
またどのようにして三性質を超越《のりこえ》たのですか？」

〔二二〕　至上者《バガヴァーン》こたえる
「パンドゥの息子よ
サットワの光輝　ラジャスの執着
またタマスの迷妄が現われても嫌わず
消えても追求しない者――

〔二三〕
これら物質自然《プラクリティ》の三性質《トリグナ》の作用に
動揺することなく　悩むことなく
動くのは物質自然《プラクリティ》の三性質のみと静観して
超然として不偏中立を保つ者――

〔二四〕
真我に定住して幸と不幸を区別せず
土塊《くれ》も石も黄金も同等に視《み》て
全ての事物《もの》に好悪の感情を起こさず
賞讃と非難　名誉と不名誉に心を動かさぬ者――

〔二五〕

友と敵を同じように扱い
物質次元の仕事には一切手を出さぬ者——
以上のような人は
物質自然《プラクリティ》の三性質《トリグナ》を超越したと言えよう

〔二六〕

いかなる場合でも身心を尽くして
わたしを信じ愛し仕える者は
速やかに物質自然《プラクリティ》の三性質をのり超えて
ブラフマンに到達するであろう

〔二七〕

そしてわたしがブラフマンの住居[*4]である
即ち　不死不滅の全一者
永遠の法則《ダールマ》であり
絶対の幸福[*5]である」

*4　ブラフマンは至上神の光輝である

*5　幸・不幸、悲・喜等の相対を超越した大歓喜。ブラフマンの本質をサッチダーナンダという
永遠の実在（サット）
完全円満な智慧（チット）
絶対の至福（アーナンダ）

第十五章

滅・不滅を超越した一者

［一］　至上者《バガヴァーン》語る

「根は上に　枝は下に
葉の一つ一つがヴェーダの讃歌
決して枯れない菩提樹《アスワッタ》があるという
この樹を知る者は全ヴェーダを知る

［二］

上下に拡がる枝は物質自然《プラクリティ》の三性質《グナ》に養われ
無数の小枝は感覚の対象――
この樹にはまた下方にのびる根もあって
人間社会の名利を求める仕事に結びつく

［三］

この世界に住む者にはこの樹の姿が見えず
始まりも終わりも根ざす所もすべてわからない
だが人は大決心をして〝無執着《き》〟の剣をふりあげ
この頑強な根をもつ樹を伐り倒すべきである

〔四〕

そして不退転の境地を求めよ
そこは全てのものが始まり　そこから
全てのものが展開している元の元なる一者
即ち至上神[*1]に全託する境地である

〔五〕

虚妄の名声を求めず妄想を払い除《の》けた人
執着心を克服し　欲を無くした人
苦楽の二元性を超越して真我《アートマン》に安住する人
このような人々は至上神に順《したが》うことを知って永遠の楽土に入る

〔六〕

い、い、
わたしの住む至高妙楽の住処《すまい》は
太陽も月も火も電気も必要とせず
ただ自ら光り輝いている
ここに来た者たちは決して物質界に戻らない

*1　至上神を指す名前は宗教によって異なる

〔七〕

物質世界《このよ》の生物に内在《やど》る不滅の霊魂は
わたし自身の極小部分である――かれは
心をふくむ六つの感覚を用いて
苦労しながら肉体を操っているのだ

〔八〕

霊魂《かれ》は風が芳香を運ぶように
自らの意想感情を次の体に運ぶ
このようにしてかれは或る種の体をとって生き
またそれを捨てて他の体をまとう

〔九〕

不滅の霊魂はこのようにして
耳　眼　舌　鼻　触覚と
また心意《こころ》をもった物質体《にくたい》をとって誕生し
それらに相応した対象を味わい経験する

［一〇］

霊魂《かれ》は物質自然《プラクリティ》の三性質《トリグナ》の支配下で
自己の心性に相応した体で様々な経験をし
時期が来ればその体を離れていく
迷える者にはこの事実が見えないが智慧の眼をもつ者には見える

［一一］

修行する求道者《ヨーギー》たちは自己の本性を覚《さと》って
この事実を明らかに理解している
だが未熟で自覚《さとり》に到らぬ者たちは
努力しても不滅の霊魂を感知できない

［一二］

全世界を照らす太陽の光は
わたしから発しているのである
そして月の光も火の輝きも
すべてわたしから発しているのだ

［一三］

わたしは各個の天体《ほし》に入り
わたしのエネルギーで彼らは軌道を回る
わたしは月となって大地の野菜を育て*2
彼らに滋味ゆたかな水を与える

［一四］

わたしは生物の体に入って
生命力の火となり
呼気《プラーナ》と吸気《アパーナ》に合して
四種の食物*3を消化する

［一五］

わたしは全人類の心臓《むね》に住み
彼らに記憶と知識と忘却を与える
全ヴェーダはわたしを知るためにあり
わたしはヴェーダを悉《ことごと》く知りヴェーダーンタの編集者である

*2 月が野菜を育て、滋味を与えるとされている

*3 飲むもの
噛《か》むもの
舐《な》めるもの
吸うもの

［一六］

この宇宙に二種の存在がある
それは必滅のものと　不滅のもの——
物質界の万物は無常にして必滅であり
神霊界のものはすべて常住不滅である

［一七］

これら二つのものを超越して
至高の大霊が実在する
それは至上我《パラマートマー》　不死不滅の主自身であり
宇宙三界に入って全てを支えている

［一八］

わたしこそ滅不滅を超越した
その最も偉大な実在者である
わたしは全世界から　またヴェーダから
至上主[*4]とよばれ崇め讃えられている

*4　または至上者、至上霊

〔一九〕

わたしが至上者であることを知る者は
迷わぬ者であり　全てを知る者である
アルジュナよ　彼は全身全霊をもって
わたしを礼拝しわたしに仕えるのだ

〔二〇〕

罪無き者よ　いままで教えた真理のなかで
最も神秘な部分を今　わたしは話した
これを理解する者は誰でも賢明になり
やがて究極の目的を達するであろう」

第十六章

神性と魔性

〔一〕至上者《バガヴァーン》語る
「無恐怖　清らかな生活
霊的知識の養成　研究　慈善
自己抑制　供犠　経典・聖典の学習
性的清浄　簡素な生活

〔二〕
非暴力　正直　怒らぬこと
離欲　平静　他人の欠点を探さぬこと
口煩《うる》さく小言を言わぬこと　生物《いきもの》に思いやりをもつ
物事を熱望しない　柔和　謙遜　果断

〔三〕
気力充満　寛容　不屈　清潔
羨望心や名誉欲がないこと——
アルジュナよ　以上のような高貴な性質は
神に向かう人々に属するものである

〔四〕

思い上がり　尊大な態度　うぬぼれ
怒り　荒々しさ　無知
これらの性質は　プリターの息子よ
魔性に属するものである

〔五〕

神聖　高貴な性質は人を解脱に導き
魔の性質は人を束縛にみちびく
だがアルジュナよ　心配するな
君は神性をもって生まれてきたのだ

〔六〕

この世界には二種の創造物がある
一つは神性をもつ者　他は魔性のもの
神性については既に話したから
次に魔性について説明しよう

〔七〕

魔性の者たちは――為《す》るべきことと
為《し》てはならぬことの区別を知らない
清らかさも無く　礼儀もわきまえず
不誠実　不正直である

〔八〕

彼らは言う――『この世界は幻影であり
何の根拠もなく　神など存在しない
すべては性欲によって産まれ出たもので
そのほかには何もない』と

〔九〕

このような考えの結果として
彼らは堕落し　知性を失い
有害な恐ろしい仕事をして
世界を破滅させようとする

〔一〇〕

魔性の人の欲望は飽くことなく
自惚《うぬぼ》れと虚栄に身を浸している
一時的な物事に魅惑されて
常に不浄なことを行っている

〔一一〕

彼らはこう信じている――『人間の文明進化にとって
最も必要なのは欲望を満足させることだ』と
したがって彼らは死に至るまで
無数の心配と焦慮に苦しめられる

〔一二〕

幾百幾千の欲望の網に捕えられ
情欲と怒りに身心をゆだねて
感覚的快楽を追求するために
不法なやりかたで金を蓄積する

［一三］

魔族の人々は思う――
『現在これだけの富を所有しているが
計画を練ってもっと増やしていこう
現在《いま》これだけは私の所有《もの》だが　将来もっともっと増やしていくのだ

［一四］

彼は私の敵だから殺した
ほかの敵どもも　やがて殺してやる
私はすべての主人公だ　私はすべてを楽しむ
私は成功者だ　有力者だ　幸福者だ　富裕な人間だ

［一五］

高貴な血筋の縁者たちにかこまれ
私ほど有力で幸福な者はほかにいない
さあ祭祀《まつり》もしよう　慈善もしよう　それが私の喜びだ』
このように彼らは無知のため妄想している

［一六］

さまざまな心配と焦燥に右往左往し
幻影の網に捕えられた彼らは
欲望の満足に強く執着して
地獄へと真っ逆さまに落ちていく

［一七］

自己満足《ひとりよがり》で常に無礼　無遠慮であり
自らの富と虚名に目がくらみ
時々自己宣伝のために一切の規則を無視して[*1]
誇らしげに祭祀や寄付を行ったりする

［一八］

これらの魔的人間どもは利己主義　権力欲　自尊心
そして情欲と怒りに惑乱して
彼ら自身と他者の体に内在《やど》る
わたしを軽蔑し　見向きもしない[*2]

*1　供犠をするには聖典に定められた心得、方式があるのにそれを無視して自分勝手に行う

*2　一切生物の体内に宿るわたし＝霊魂即ち、霊的な問題に全く無関心なこと

〔一九〕
嫉妬心　羨望心が極めて強く
他者に害毒を与える最低の人間どもを
わたしは繰り返しくりかえし物質界の
魔族の胎内に投げ入れるのである

〔二〇〕
魔族の間で再生をくりかえす彼らは
アルジュナよ　決してわたしに近づくことはない
彼らは次第に下方へと沈んで行き
ついには最も忌《い》まわしい形の存在*3になる

〔二一〕
地獄に到るには三つの門があり
肉欲　怒り　貪欲がそれである
これらは魂を堕落させる原因ゆえ
正気の人間はこの三つを切り捨てよ

*3 動物、虫、草、石、土など

〔二二〕

この三つの地獄門を避け得た人は
真我実現《さとり》に到る行いに励み
アルジュナよ　次第に進歩向上して
究極の目的を達するであろう

〔二三〕

聖典に示された教えを軽視して
欲望のままに行動する者は
生命体としての完成に達せず　真の幸福を得られず
至高の目的地に到達することができない

〔二四〕

故に人間は聖典に示された教えによって
為《す》るべきことと為《し》てはならぬことを知れ
その規則を知り　それに従うことにより
向上の道を着実に歩んで行きなさい」

第十七章

三種の信仰

〔一〕　アルジュナ問う
「クリシュナよ　聖典の教えには従わないが
自分たち独得の信仰をもって
神を礼拝する人びとは
サットワ　ラジャス　タマス[*1]のどれに属しますか？」

〔二〕　至上者《バガヴァーン》こたえる
「肉体をもった者たちの信仰には三種あり
それは生まれつきの性質によって決まる
三種とはサットワ　ラジャス　タマス——
これからその説明をしよう

〔三〕
アルジュナよ　人は生まれつきの性格によって
異なった相《かたち》の信仰をもつようになる
信仰はその人の性質を表し
信仰はその人自身のすがたである

＊1　三性質《トリグナ》については第十四章参照

[四]

サットワの影響下にある者たちは
諸天善神を礼拝し
ラジャスの者たちは魔神　鬼神の類を拝み
タマスの者たちは死霊や幽鬼を拝む

[五]

また　聖典に示されていない方法で
激しい禁欲や苦行をする者は
虚栄心や我執のために行うのであり
欲と執着のとりこになっているのだ

[六]

こうした愚かな者どもは
肉体を構成する要素を衰弱させ
体内に住むわたしをも苦しめる
彼らの行為は魔的であると知れ

［七］
物質自然《プラクリティ》の三性質《トリグナ》によって
人の好む食物にも三種類ある
供犠　苦行　布施についても同様
この相違《ちがい》について話すから聞きなさい

［八］
サットワの人の好む食物は
生命力を増進し　体を浄化して
力と健康と幸福と喜びをもたらし
水分と脂肪に富み健康的で心を和ませる

［九］
ラジャスの人の好む食物は
苦味　酸味が強いもの　塩からいもの
熱いもの　乾燥したもの　刺激性のもの
こうした食物は心身の病の原因となる

［一〇］

タマスの人の好む食物は
古いもの　味のないもの
残り屑　またはそれが入っているもの
それから　不浄なもの*2

［一一］

サットワの人は供犠をなすに際して
あくまで聖典の指示に従い
何の報いも求めずに
ただ自らの義務として行う

［一二］

しかし　バラタ王家の最も秀れた者よ
物質次元の利益を得るため　または
虚栄のため　人に見せびらかすための供犠は
ラジャスの行為であると知れ

*2　禁制されているもの

〔一三〕

聖典の指示するところに従わず
食物を供えず　讃歌を唱《うた》わず
僧侶に布施をせず　そして信仰もない供犠は
タマスに属するものである

〔一四〕

肉体的修行　苦行について言えば――
神々を礼拝し　長上の人や
師　賢者を敬って仕え
清潔　正直　節制　非暴力であること

〔一五〕

言葉の修行は――真実を語ること
やさしく快い言葉　有益な言葉を語ること
他人の心を乱したり扇動したりせぬこと
そしてヴェーダ聖典を規則的に読誦すること

〔一六〕

心の修行は――
足ることを知って常に心おだやかに
正直　率直　沈着であり
自己抑制をして身心の浄化につとめること

〔一七〕

体　言　心の三種の修行を
清らかな信仰を持つ人々が
報果《むくい》を求めずに行うときに
これをサットワの修行と言う

〔一八〕

自尊心を満足させ　名誉を得るため
衆人の尊敬や崇拝を受けようとして行う
禁欲や苦行はラジャスのもの――
これは不安定で長続きしない

〔一九〕

無知　愚昧の者がする苦行は
いたずらに自分自身を傷つけ苦しめ
他者をも害し破壊する
これをタマスの苦行と言う

〔二〇〕

適正な時に　適正な場所で
それに価する相手に対して
何の報いも考えずに　自分の義務だと心得て
行う寄付はサットワである

〔二一〕

報いを期待してする寄付行為
将来の見返りを望んでする賜《おく》りもの
また　惜しがりながら出す寄付
こうした布施はラジャスである

〔二二〕

不適当な場所で　不適当な時に
それに価しない相手に賜《おく》る金品
相手を尊敬せず　無礼な態度でする寄付
これはタマスの行為である

〔二三〕

創造の元始《はじめ》より　次の三つの言葉――
オーム　タット　サットは絶対真理《ブラフマン》を示す
ヴェーダ讃歌を唱え　供犠を行うとき
僧侶《バラモン》たちはこの三語を常に用いてきた

〔二四〕

故にブラフマンを知る人は
供犠　寄進　苦行をおこなうとき
聖典の規則にしたがって
必ずはじめにオームを唱える

〔一二五〕

物質界を解脱して真の自由を願う者は
物質次元の報果《むくい》を期待することなく
聖語〝タット〟を唱えて
供犠　修行　布施を行え

〔一二六〕

聖なる言葉〝サット〟は
実在と至善の意味に用いる
また　プリターの息子よ
サットは善行の意味にも用いられる

〔一二七〕

供犠　修行　布施を行うに際して
不動の信念でそれをつづけること
またそれをすべて至上者に捧げること
これらもまた　サットである

〔二八〕

アルジュナよ　信仰のない者が
供犠　修行　布施その他のことを行っても
それはアサット[*3]とよばれ
現世においても来世においても無益である」

*3　空虚、非実在

第十八章
離欲の完成

〔一〕 アルジュナ言う

「ケーシ鬼を滅した御方である
無限の力をもったクリシュナよ
離欲《ティヤーガ》*1と出家《サンニャーサ》の生活について
何とぞ私にご教示下さい」

〔二〕 至上者《バガヴァーン》語る

「名利を求める目的《ため》の活動を止める
これを偉大な学者は出家生活と称《よ》び
仕事の結果を期待しないことを
賢者たちは離欲とよんでいる

〔三〕

ある学者たちは言う――『活動《しごと》は必ず
何らかの悪を含むから全面的に中止すべし』と
また　ある学者たちは言う――
『供犠と布施*2と修行だけは止めるな』と

---

*1 または捨離、放棄、離果

*2 布施の二種
物施―金品を寄付すること
法施―真理の言葉を伝えること

〔四〕

バラタ王家で最も秀れた人よ
離欲についてのわたしの判断を聞け
人類のなかで最も秀れた人よ
聖典は『離欲に三種あり』と説く

〔五〕

供犠　布施　修行に関する行為は
止めてはいけない　進んで行え
まことに　この三つの行為は
賢者をも益《ます》々浄化するからである

〔六〕

だが　これらの活動をするとき
執着なく　結果を期待せずに行え
当然の義務だと思って行うことだ
アルジュナよ　これがわたしの結論である

〔七〕

定められた義務は捨ててはならぬ
もし判断に迷って
義務の遂行を怠るならば
そのような離欲はタマスである

〔八〕

定められた義務を煩《わずら》わしいと思い
また肉体的に苦痛だからと恐れて
それを捨てるのはラジャスの離欲であり
決して霊的向上を望むことはできない

〔九〕

アルジュナよ　名誉や利得に関心無く
仕事の結果に何の執着ももたず
ただ自分のなすべき義務を果たす人は
サットワの離欲を行じているのだ

［一〇］

サットワの離欲者は
不運な仕事をも嫌わず
幸先《さいさき》のよい仕事にも執着せず
活動についての正しい信念を確立している

［一一］

肉体をまとった者たちにとって
活動をすべて止めることは不可能だ
しかし　仕事の結果を放棄した人は
真《まこと》の離欲者である

［一二］

離欲せぬ者は死後その生前の行為による
快　不快　またはその混合の報果をうける
だが離欲の生活を送った者は
そのような悲喜の報果をうけることはない

［一三］

無敵の勇士　アルジュナよ
すべての行為を完成するためには
五つの因ありとヴェーダーンタ[*3]では説く
これについてわたしの言葉を聞け

［一四］

行為の場（肉体）　行為者（個我）
各種の器官　各種の運動エネルギー
そして最後に摂理――（または神意）
これらの五つが行為の要因である

［一五］

体と心と　または言葉で
正しい行為　善なる仕事をしても
あるいは不正な行為をしても
どちらも　この五つが原因である

*3 奥義書。ヴェーダ（智慧）の究極的結論を説く哲学

〔一六〕

故に　自分ひとりが行為者だと思い
この五つの要因に考え及ばぬ人は
知性と理解力に乏しく
物事の真相を見ることができない

〔一七〕

我執　利己心のない者は
彼処《かしこ》に居並ぶ大勢の人々を殺しても
殺人者にはならない
また　その業報《むくい》も受けない

〔一八〕

知識と　その対象と　知る者
この三つが行為の誘因となり
感官と　所作と　行為者
この三つが行為を構成する

［一九］

物質自然《プラクリティ》の性質《グナ》の相違により
知識と　知識の対象と　そして
行為をなす者とに三種ある
これについてわたしの言葉を聞け

［二〇］

あらゆる存在のなかに
不滅の一者が実在することを知り
無数の異なる形に分かれているなかに
分割し得ない一者を見る知識はサットワである

［二一］

形の違うもの　分かれているものは
それぞれにまったく別の存在であると
差別面だけしか見ない考えは
ラジャスの知識である

〔二二〕

まったく真理や哲学に無関心で
一つのことを全《すべ》てのすべてだと思って盲目的に固執し
偏狭で無味乾燥な考え――
これをタマスの知識と言う

〔二三〕

愛着もなく　憎悪もなく
その仕事に執着せず
その報果《むくい》も求めない行為――
これはサットワの行為である

〔二四〕

自分の欲望を満たすため
また　利己心　我執にもとづき
大いに努力し　苦労してする行為は
ラジャスの行為である

〔二五〕

聖典の教えを無視し
自分の将来のことや他者の迷惑も考えず
気ままに　または暴力的にする行為——
こんな行為はタマスである

〔二六〕

我執　私心なく　しかも
確信をもって　熱心に仕事して
成功にも失敗にも心を動揺させない
そのような行為者はサットワである

〔二七〕

仕事とその結果に執着して
成功に憧れ　貪欲不純で嫉妬心強く
成功に狂喜し　失敗に絶望する者は
ラジャスの行為者である

〔二八〕

節度なく　俗悪野卑で
頑迷で　よく人を欺《だま》し
態度が横柄　尊大で　怠惰な者
このような行為者はタマスである

〔二九〕

富の征服者《ダナーンジャヤ》　アルジュナよ
さて今度は知性《ブッディ》と決意における
物質自然《プラクリティ》の三性質《グナ》の影響
その相違を説明するから聞きなさい

〔三〇〕

為《す》るべきことと　為《し》てはならぬこと
怖れるべきことと　怖れてはならぬこと
また束縛するものと　自由に導くものとを
よく分別する知性はサットワである

〔三一〕

プリターの息子よ
正しい宗教や信仰と　不正なそれとの区別
為《す》るべきことと　為《し》てはならぬことの区別が
識別できない知性はラジャスである

〔三二〕

正しくない宗教や信仰を正しいと考え
正しい宗教や信仰を正しくないと思い
妄想と無知に支配されて常に悪へと向かう
そのような知性はタマスである

〔三三〕

プリターの息子よ
ヨーガの修行によって確固不動となり
心と生命力と諸感覚を自ら支配する
その決意はサットワである

〔三四〕

しかし　アルジュナよ
宗教においても経済活動においても
名誉と利益を得ようとして奮闘努力し
感覚的満足を追求する決意はラジャスである

〔三五〕

夢うつつ　恐怖　愚痴
意気消沈　そして妄想にふける
このような状態から抜け出られぬ
愚昧な決意はタマスである

〔三六〕

バラタ家で最も秀れた者よ
こんどは三種の幸福について聞け
長い修練を経て人はそこに到り
それによって彼の悲しみは終わる

〔三七〕

はじめは毒薬のように苦しくても
終《しま》いには甘露となるような
大覚《さとり》の道を行く清純な喜びは
サットワの幸福である

〔三八〕

はじめは甘露のようで
終《しま》いには毒薬のようになるのは
感覚がその対象に接触した時の喜びで
それはラジャスの幸福である

〔三九〕

自己の本性について全く関心なく
始めから終わりまで妄想であり
惰眠と怠惰と幻想から生ずる喜びは
タマスの幸福である

［四〇］

この地上においても
天上界の神々の間においても
物質自然《プラクリティ》の三性質《トリグナ》から
離脱している存在はない

［四一］

敵を懲罰する者　アルジュナよ
バラモン　クシャトリヤ　ヴァイシャ
そしてスードラ*4は生来持つ物質性《グナ》によって
それぞれに義務《しごと》が定められている

［四二］

平静　自制　修行
純潔　寛容　正直
知識　智慧　深い信仰心——
これらは生来の性質によるバラモンの義務である

*4　インドにおける四階級《カースト》
バラモン＝僧侶、宗教家、学者など
クシャトリヤ＝軍人、王族、政治家
ヴァイシャ＝商人、農民
スードラ＝上位三階級に仕える人々、肉体労働者など

〔四三〕

武勇　支配力　決断力

知謀　機知および資力に富むこと

戦闘における勇気　寛大　指導力

これらは天性によるクシャトリヤの義務である

〔四四〕

農耕　牛飼い　商売は

ヴァイシャの天性による仕事であり

労働と召使いの仕事は

スードラに与えられた仕事である

〔四五〕

自分に生来与えられた仕事をして

すべての人は完成に達する

どのようにして　それが可能なのか

わたしの言うことを聞きなさい

〔四六〕

自分に与えられた天職の遂行を通じて
あらゆる時処に遍在し
一切万有を展開するかれを礼拝する人は
究極の完成に達するのである

〔四七〕

自分の義務が完全にできなくても
他人の義務を完全に行うより善い
天性によって定められた仕事をしていれば
人は罪を犯さないでいられる

〔四八〕

どの仕事にも短所や欠点がある
ちょうど火に煙がつきもののように
アルジュナよ　故に自分の天職を捨てるな
たとえ　その仕事が欠点だらけでも——

〔四九〕

何ものにも執着しない理性をもち
自己を抑制し　何ごとも切望しない人は
その離欲の修行を通して
全ての仕事から離脱して完成の境地に到る

〔五〇〕

クンティーの息子よ
どのようにしてこの完成の境地に達するか
円満完全なるブラフマンに達するかを
簡単に話して聞かせよう

〔五一〕

正しい知性《ブッディ》を通じて清純となり
固い決意によって自己の心を制御し
感覚的快楽の対象を退け
物事に愛憎の念をもたず

〔五二〕
静かな場所に住み
少食にして体と心と言葉を抑制し
常にヨーガに余念なく
世事に煩《わずら》わされず

〔五三〕
我執　力　物欲　誇りを捨て
情欲と怒りから離脱し
所有意識を持たず常に平静である人は必ず
ブラフマンと合一し至上完全の境地に到る

〔五四〕
この境地に達した者は
ブラフマンと合一[*5]して大歓喜に浸り
憂いなく望みなく　全生物を平等に視《み》る
そしてわたしに純粋な信愛《バクティ》を捧げる

*5 ブラフマンの本質はサット（真実在）、チット（完全智）、アーナンダ（大歓喜）であり、完全円満そのものだから、これ以上望むものはない

〔五五〕

人は信仰と愛を通じて
わたしの実相を知るようになる
そしてわたしを知ると
彼は直ちにわたしの浄土《くに》に入ってくる

〔五六〕

どんな種類の仕事をしていても
わたしの純粋な信愛者《バクタ》は
常にわたしに保護され　わたしの恵みにより
永遠妙楽の住処《すみか》に来るのである

〔五七〕

わたしに頼ってすべての活動をし
常にわたしの保護のもとで働け
至上者であるわたしを信じきって
常に意識をわたしで満たしておけ

［五八］

わたしを想い　慕っていれば
わたしの恵みで全ての障害が除かれる
だが　わたしを意識せずに我執で働き
わたしの言葉を聞かぬ者は滅びる

［五九］

もし身勝手な考えで『戦わない』と思っても
その決心は空しいものだ
武士階級《クシャトリヤ》としての天性によって
君はどうしても戦わなければならぬのだ

［六〇］

クンティーの息子よ　君は迷いのため
わたしの指示に従うのをためらっているが
しかし　天性にかりたてられて
為《し》ないといっていることを為《す》ることになる

〔六一〕
アルジュナよ
至上主《かみ》は全生物の胸に住み
かれらの行動を指揮する
御者が馬車を動かすように——

〔六二〕
バラタ王の子孫よ　故に
かれに絶対服従せよ
そうすればかれの恵みにより
永遠の妙楽土に住めるようになる

〔六三〕
わたしは君に
秘中の秘である知識を語った
このことを充分に熟考してから
君の望む通りに行動しなさい

〔六四〕

君はわたしの最愛の友だから
無上甚深の真理《おしえ》を話して聞かせよう
これはあらゆる知識の中で最も神秘なこと
君にとって真実の利益になるからよく聞きなさい

〔六五〕

常にわたしを想い　わたしを信じ愛せよ
わたしを礼拝し　わたしに従順であれ
そうすれば必ずわたしの住処《ところ》に来られる
わたしは君を愛しているから　このことを約束する

〔六六〕

あらゆる宗教の形式を斥《しりぞ》けて
ただわたしを頼り　服従せよ
わたしがすべての悪業報から君を救う
怖れることは何もないのだ

〔六七〕

禁欲や修行をしない者
信仰心なく　真理を学ぶ心のない者
また　わたしに反感をもっている者には
この秘密の知識を話してはいけない

〔六八〕

だが　信仰あつき人々に対して
この秘密の知識を語ることは
わたしへ無上の奉仕をしたことになり
その人は必ずわたしのもとへ来る

〔六九〕

その人はこの世界において
わたしの最も愛する奉仕者であり
この世界のなかで
わたしが最も愛する人である

［七〇］

そして　わたしは宣言する——
わたしたちのこの神聖な対話を学ぶ者は
その秀れた知性《ブッディ》により
必ずわたしを崇《あが》め　礼拝するようになる　と

［七一］

また　反感を抱くことなく
素直《すなお》に聞いて信じる者も
諸《もろ》々の悪業報から解脱して
上善人たちの住む吉祥星界に行く

［七二］

プリターの息子よ
富の征服者《ダナーンジャヤ》よ
わたしの話をしっかりと聞いたか？
そして無知と迷妄を追い払ったか？」

〔七三〕　アルジュナこたえる

「クリシュナよ　あなたのお恵みによって
私の迷いは消え　正しい認識を得ました
いままでの疑惑は消滅し　もう私の信念はゆるがない
あなたのお言葉通りに行動いたします！」

〔七四〕　サンジャヤはドリタラーシュトラ王に言う

私は至上主クリシュナと
偉大なる魂アルジュナの対話をこのように聞きました
その　あまりにも素晴らしい内容に
私の頭髪は逆立っています

〔七五〕

全てのヨーガを支配するクリシュナが
アルジュナに向かって語った神秘極まる話を
ヴィヤーサ[*6]の恩寵《めぐみ》によって
私は聞くことができたのです

*6　マハーバーラタを編集した聖者

［七六］

王よ　クリシュナとアルジュナの
この驚嘆すべき神聖な対話を
思えば思うほど私の歓喜《よろこび》は溢《あふ》れ
感動のために心身くまなく震《ふる》えています

［七七］

王よ　クリシュナの言語に絶する
あの宇宙普遍相の偉大な形相《すがた》を
思えば思うほど私の驚きはいや増し
大歓喜の波がくりかえし胸におしよせます

［七八］

全ヨーガの支配者クリシュナの在《いま》す所
弓の名手アルジュナの居る所
必ずや幸運と勝利と繁栄と
そして永遠の道義が実在することを私は確信します

ॐ

あとがき

ラーマクリシュナの『不滅の言葉《コタムリト》』を翻訳し終わったとき、恩師、渡辺照宏先生が「田中さん、こんど何を訳すつもり?」とおっしゃった。私は反射的に「ギーターを訳したいんですけど、できるでしょうか?」とお応《こた》えした。「できますよ。私がサンスクリットを教えてあげる」……。

ギーターの内容は、『不滅の言葉』のなかに実にしばしば出てくるし、経典や聖典の類にあまり重きをおかなかったラーマクリシュナも、「ギーターだけは別。――あれは本当に神の言葉だ」と、口ぐせのように言っている。あの、自信の塊のようなヴィヴェーカーナンダも、「人類史上、愛において最も秀れた人はイエス。最高の人格者はブッダ。そして最上の智慧の書は『ギーター』」と言った。

バガヴァッド・ギーターは、大叙事詩・マハーバーラタの一部に組みこまれているが、渡辺先生が、「太古にクリシュナ教とでも言うべき宗教団体があって、その教えが、マハーバーラタ編纂《さん》のときに組み入れられたんでしょうね」と、おっしゃったのを私は記憶している。大昔に、インド全土をまきこんで起こった大戦争を中心に、その前後のことを描いたこの大叙事詩は、ラーマーヤナと共にインドの精神文化そのものと言われているが、その要約は第三文明社から上中下三冊になって出版されているから関心のある方はお読み下さい。クルクシェートラの野に対峙するクル軍とパンドゥ軍を見渡しながら、ビシュヌ神の化身であるクリシュナと、パンドゥ家の第二王子アルジュナとの間の問答が、世に名高いバガヴァッド・ギーターです。バガヴァーンを私は至上者、至聖《かみ》などと訳しましたが、これは漢訳仏典での〝如来〟のことで、真如なるブラフマンと一体の人格を指します。

『不滅の言葉』を私が訳し始めたのは昭和四十四年で、三ヶ月もたつ頃には、「どうしてもギーターを勉強しなくては――」という気持になった。そのため、四十七年に初めてインドに行った時、インド人のガイドに頼んで、ヒンディー語の解説がついたギーターをベナレスの古本屋で買ってもらったり、また自分でも、アグラの本屋で元大統領の哲学者、ラダクリシュナンのギーター解説書を買い、帰ると早速、新宿の朝日カルチャーのヒンディー語講座に入って勉強した。思えば十五年ほど、急がず怠けずをモットーにして、ほんの少しずつ翻訳を進めていった次第です。そして終わりの頃に知《さと》ったのは、『不滅の言葉』はラーマクリシュナのギーター解説なのだということです。

さて、ギーター勉強の結果が本になるキッカケをつくってくれたのは、やはり、他《ほか》ならぬラーマクリシュナだった。『不滅の言葉』の全訳が、諸般の事情でなかなか出版されないため、待ちきれない数人の方々に私は翻訳ノートをお貸しした。そのなかの岐阜のH氏は、多忙な医業のかたわら、

「写経のつもりです」とおっしゃって、数年がかりで二十四冊の大学ノートを書き写された。大阪のM氏は、自分用と他人《ひと》への貸し出し用と、二枚ずつコピーをとり、数冊ずつノートを返送してくれる毎度《たびごと》に、ラーマナ・マハリシの本や山崎弁栄聖者の著書を送って下さった。『不滅の言葉』に出会って以来、殆ど全く他の宗教書に関心がなくなって、読まなくなった私にとって、M氏から送られてくる本がどれ程ためになったたか、はかり知れない。コタムリトの全訳出版がおくれるのも、このような方々との出会いのためと思えば、これも有り難い神意だったと、今さらながら感じ入っている次第です。そのM氏が、私の勉強の結果をぜひ活字にしておきたいと希望されるので、ご好意をお受けしました。M氏と、出版をひきうけて下さった増田氏のおかげで、恩師の霊前にこの一冊を供えることのできる幸せを、しみじみと味わっています。渡辺先生もラーマクリシュナも、どんなにか喜んで下さるでしょう。今生において、私のような浅学不徳の女に、いろいろ教えて下さった先生方、また、M氏をはじめとする知人友人の皆さまの温かい友情に心の底から感謝、合掌して、あとがきに代えさせていただきます。

昭和六十二年十一月十四日

田中嫺玉

＊一九八八年に出版された原本の序文をあとがきとして転載しました

著者略歴

田中嫺玉（たなか　かんぎょく）

大正十四年　北海道の旭川市に生まれる。

北海道庁立旭川高女を経て、日本女子大学家政科に学ぶ。

昭和二十年　終戦と共に中退して帰郷。結婚して二男子を養育。

昭和二十九年　東京都新宿区に移住。

昭和三十四年　目白ロゴス英語学校を卒業。

昭和四十四年　故・渡辺照宏博士、奈良毅教授（東京外国語大学）について

ベンガル語の『不滅の言葉』の翻訳をはじめる。

昭和四十九年三月　『不滅の言葉』の抄訳本を奈良氏と共訳で自費出版。

十二月に日本翻訳文化賞を受賞。

昭和五十一年　ラーマクリシュナの伝記をまとめはじめる。

昭和五十五年一月　『大聖ラーマクリシュナ　不滅の言葉』を三学出版より刊行。
昭和五十五年六月　『インドの光―聖ラーマクリシュナの生涯』を三学出版より刊行。
昭和五十八年七月　『マハーバーラタ（上）』を奈良氏と共訳で第三文明社より刊行。
昭和五十八年八月　『マハーバーラタ（中）』を奈良氏と共訳で第三文明社より刊行。
昭和五十八年九月　『マハーバーラタ（下）』を奈良氏と共訳で第三文明社より刊行。
昭和六十三年六月　『神の詩　バガヴァッド・ギーター』を三学出版より刊行。
同年の翻訳特別功労賞を受賞。
平成三年八月　『インドの光―聖ラーマクリシュナの生涯』を中公文庫より刊行。
平成四年五月　『大聖ラーマクリシュナ　不滅の言葉』を中公文庫より刊行。
平成十二年三月　『アヴァデュータ・ギーター』を日本ヴェーダーンタ協会の機関誌「不滅の言葉」に連載を開始。平成十五年三月完結。
平成二十年九月　『神の詩　バガヴァッド・ギーター』をタオラボブックスより復刊。
平成二十一年十一月　『インドの光―ラーマクリシュナの生涯』をブイツーソリューションより復刊。
平成二十三年二月　『大聖ラーマクリシュナ　不滅の言葉（コタムリト）第一巻』をブイツーソリューションより復刊。
平成二十三年七月　帰天する。合掌。

❖参考文献

THE BHAGAVADGĪTĀ
With an Introductory Essay
Sanskrit Text, English Translation and Notes by S.RADHAKRISHNAN
BOMBAY
GEORGE ALLEN & UNWIN (INDIA) PRIVATE LIMITED

BHAGAVAD-GĪTĀ AS IT IS
Complete Edition
A.C.Bhaktivedanta Swami Prabhupāda
Founder-Ācārya of the International Society for Krishna Conciousness
THE BHAKTIVEDANTA BOOK TRUST

「至高者の歌」
三浦関造訳（竜王文庫）

「バガヴァッド・ギーター」
上村勝彦訳（岩波書店）

「バガヴァッド・ギーター　あるがままの詩」
尊師 A. C. バクティヴェーダンタ・スワミ・プラブパーダ
（バクティヴェーダンタ文庫社）

「科学で解くバガヴァッド・ギーター」
スワミ・ヴィラジェシュワラ大師／岡太 直訳（たま出版）

「マハーバーラタ（上）（中）（下）」
C・ラージャーゴーパーラーチャリ／奈良毅・田中嫺玉訳
（第三文明社／レグルス文庫）

「インド神話」
上村勝彦（東京書籍）

「ギーター・サール　バガヴァッドギーターの神髄　インド思想入門」
A・ヴィディヤーランカール／長谷川澄夫訳（東方出版）

シュタイナー根源的霊性論　バガヴァッド・ギーターとパウロの書簡
ルドルフ・シュタイナー／高橋巌訳（春秋社）

バガヴァッド・ギーターの眼に見えぬ基盤
ルドルフ・シュタイナー／高橋巌訳（春秋社）

解説

神知の波動

田中嫺玉訳のバガヴァッド・ギーターは、日本にいくつも存在する訳書のなかで、特別な魅力を持っています。

それは、ルドルフ・シュタイナーの研究者として署名な、高橋巖氏がギーターの最良の訳書として、幾度も本書を紹介していることでも分ります。この解説では、なぜ、そのような訳書が生まれたのか、について、私が知っていること、さらには、私に知らされたことを記すことにします。それは、田中嫺玉の精神の系譜についてです。

訳者のペンネームである、「嫺玉」という名は、中国の紅卍字会から与えられたものです。紅卍字会といえば、あの関東大震災を予知し、あらかじめ、救援物資を日本に向けて送り出していたという団体であり、中国大陸へ行った大本教の出口王仁三郎を、救世主認定したことでも知られています。その紅卍字会から名を授けられたということは、ある種の超能力者認定がなされたというべきなのです。それは、戦前から続く、日本列島、中国大陸、インド亜大陸をつなぐ、ある種の精神的連帯の象徴というべきなのでしょう。

聖書は、「はじめに言葉ありき」と記します。日本にも、ことだま学があります。そのもともとの言葉の持つ、エネルギーというものを、訳者が感じない限り、その言葉は伝達すべきエネルギーを失うのです。それは、今日的にいうなら、固有の波動ということです。

バガヴァット・ギーターに登場する神格は、ヴィシユヌ神とされています。そのヴィシュヌ神は、歴史上、何人もの聖者や賢者として、地上の人間の姿をとって、情報伝達をしてきたとされますが、私が知る限り、この書は、ブッダの出現の前のインド神界のデータとしては、最重要なものです。この知があって、ブッダの知があるというのが、精神界の知の系譜だということです。

　この二十一世紀。人間の精神というものの秘密が開示されようとしていますが、過去にあった神や神々のデータも、当然のこととして、人知の側に移行してくることになります。ドイツ人のルドルフ・シュタイナーは、そのことを予知した人間として、神智学協会を設立し、人知で、神を知る道を模索しましたが、それは、ヒトラーのナチスとは対極のムーブメントでした。同じ時期、日本の大本教の出口王仁三郎も、地球の精神界ネットワークをつくるために、紅卍字会と提携したり、エスペラント語の普及活動をしていたのです。それは、精神的な場における共時性というものです。これらは、ひとつながりの神知の継承のムーブメントなのです。その役割を担う、ひとりの人間として、田中嫺玉はさまざまな精神界に存在によって、つくられたというのが、私の知らされている物語です。

　では、その訳書の今日的意義については、私が、二千二十一年の七月十五日に光文書で公開しているので、ここに掲出しておきます。

バガヴァッド・ギーター

なぜか、この二千二十一年というタイミングで、ある出版社から、インドの古典である、バガヴァッド・ギーターについて、増刷するタイミングで、精神学の視点からの解説のようなものを書いてくれないか、という依頼を受けました。

　たぶん依頼主は、私がインド神界とコンタクトがあることを知っていて、インド神界から日本神界への情報共有と、このバガヴァッド・ギーターの日本語訳が、神界的にはどのように位置づけられているのかが、知りたかったのでしょう。

　訳者は、田中嫺玉という女性で、平成二十三年に亡くなられています。この本を改めて読んでみて、どうやらこの訳には、ある種の波動が宿っていて、紀元前のある時期のインド神界の姿のデータを、現代の日本人の頭の中にも、再現するようなはたらきをしているらしい、と私は気付いたのです。そして、重要なことは、このギーターという紀元前の書において、この人間世界には、すでに、神界、霊界、魔界という三界があるということが、記述されているということです。

この人間界における、エネルギーというか波動の三つの階層という知識は、精神学が伝えている、人間が感知できる波動としての気、念、呪、想、霊、魔というもののうち、普通の人間が発している気と念と呪とは別の精神界の波動としての、想と霊と魔というものに対応しています。

想とは、精神学においては、古き神界波動を意味します。つまり、神界、霊界、魔界です。

この三界が、かつての地上においては、人間界とアクセスしていたということです。

ここに精神学のこれまでの歩みのデータを重ねると、あることがわかります。

紀元前の世界において、人間界には、神界も、霊界も、魔界も認識の対象となるものとして、それぞれの意識体が関与していたらしい、ということです。

それが、仏教が生まれ、一神教が生まれ、という歴史的な時間の経過のなかで、霊界があの世として、現実世界から離れ、神界も汚れた地上とは離れ、結果として、この世というものは、すべて魔界ということになってしまったのが、二十世紀ということです。

ところが、精神学がこれまでくり返しお伝えしているように、精神界において、かつてあの世として分離していた霊界を、この世に重ねる動きがあり、さらに、世界の神界の避難地として用意された日本列島の神の仕組みである最後の一厘の発動によって、かつてあった三界は、このタイミングでもういちど、人間界に重なったのです。

ギーターは神の詩とも呼ばれます。その主人公たるものの神格は、ヴィシュヌ神とされますが、その神格が人間に伝えているのは、神の内に入れるように、人間として生きている間に、その役割を果せ、ということに尽きます。

いまの世界で起きているのは、過去において、その神の内に入ることのできたたましいが、改めて、契約をするために生まれるということなのです。

この物質宇宙の内側の神格は、最後の審判に到る道を整えるためのもので、今が、その最後のタイミングだからです。

かつて、精神というものを学び、神や神々の戦いに参加した記憶を持つたましいが、これまでの人間の歴史を清算する戦いの場に、改めて、降ろされているといってもいいのでしょう。

人間界の精神的波動の領域で、これから、その戦いは本格化することになるのですが、その出発点には、このギーターが伝えていた、人間は、この世で神界か、霊界か、魔界のいずれかの領域で生きているということです。

この宇宙の存在の目的を人知の側に移すために、ブッダが出て、イエスの十字架があったのですが、そのブッダが出る前のインド神界のデータが、いま世に出るということは、「最終知識」が伝えている知の体系がある領域において完成したことを示しているのだと判断できます。

長い道程でしたが、この物質宇宙が物語宇宙として、永遠の戦いをくり返す時空の輪から解放される日が近づいています。いまの地上において、人間の不幸を増幅している、貨幣経済と無神論に由来する科学技術というものの時代を終らせるための知に、人間は近づきつつあるといってもいいのです。

この書によって、インドの神々の言葉の波動というものに触れることができたら、あなたにも神知の扉が開くことでしょう。

精神学協会会長　積 哲夫 記

TAO LAB MAGZINE
http://www.taolab.com/magazine/

TAO LAB CHANNEL
https://bit.ly/3hV948b

神《かみ》の詩《うた》　バガヴァッド・ギーター

2008年9月15日　第1版第1刷発行
2021年9月17日　第2版第10刷発行

訳者　田中嫺玉
ブックデザイン　倉茂　透
発行者　白澤秀樹
発行所　TAO Lab LLC
〒413-0235　静岡県伊東市大室高原8-451
TEL: 0557-27-2373
http://www.taolab.com/
books@taolab.com
（お問い合わせはこのメールアドレスにお願いいたします）
印刷・製本　株式会社シナノ

ISBN978-4-903916-00-2

special thanks
小学館知的財産管理課／今泉吉晴／株式会社東京美術／橘敕子
サティヤ・サイ・オーガニゼーション
マーター・アムリタナンダマイ・ミッション・トラスト
国際チャリティ協会アムリタハート／日本MAセンター
日本ヴェーダーンタ協会（敬称略）